もし高校野球の女子マネージャーがドラッカーの『イノベーションと企業家精神』を読んだら

如果高校棒球女子經理讀了彼得・杜拉克2：復活的開始

岩崎夏海／著・嚴可婷／譯

新経典文化
ThinKingDom

目次

第二部

◉序幕

小夢沒有夢想，也沒有目標，每天過著渾渾噩噩的日子。

不過，她有珍惜的東西，就是朋友。小夢有個很喜歡的朋友，上學只是為了跟她碰面，其他一切都引不起她的動力。

她們是讀國中時認識的。她是田徑隊的長跑選手，總是在操場上練跑。

小夢常透過教室窗戶看著她跑步，有時從黃昏時分一直看到她的身影在晚霞中化為若隱若現的輪廓，直到與薄暮融合，幾乎看不清楚為止。

她很喜歡看這個女生跑步的樣子，始終看不膩。所以她退出田徑隊時，小夢嚇了一跳，覺得很可惜，希望她能重新歸隊。

但她再也沒有回田徑隊。一放學，她就直接穿過以前練跑的操場，迅速回家。

有一天，小夢像往常一樣望著操場，發現她正要回家，就臨時起意跑出教室。

小夢平常很少運動，跑步很慢，但她拚命追趕，終於在到快校門口的地方叫住了她：

「嘿，請問一下！」

「啊？」

「妳為什麼要離開田徑隊？」

這就是她們相識的開始。

這位朋友名叫真實。兩人同學年但不同班，雖然認得對方，但之前從沒說過話。

不過，她們很快就變成好朋友。與其說是好友，不如說小夢愈來愈喜歡真實。她喜歡真實的原因很多。

一開始小夢喜歡真實跑步的樣子。真實雖然個子不很高，但手腳修長，體型勻稱，小夢私心覺得真實很像可愛的小鹿。她苗條的身形在操場跑步的樣子，就像小鹿在草原上奔馳一樣。

而且真實很聰明。除了很會讀書之外，還知道許多有趣的事，會跟小夢分享。包括退出田徑隊的原因。她說：「田徑隊的氣氛讓我待不下去，所以退出。」、「我不喜歡教練只憑自己的喜好做決定。」

「我很討厭不公正的事。」真實這麼說：「我希望團隊能用公正、公平、有原則的方式運作。」

小夢聽不太懂真實在說什麼，只覺得真實說這些話時神情很有魅力，一下子看得著迷。

真實面目清秀，五官端正。小夢總覺得自己長得不起眼，因而羨慕真實的樣貌。這也是小夢喜歡真實的原因之一。

不過，小夢喜歡真實最主要的原因，還是真實能帶給自己「充實感」。小夢毫無目標，每天恍恍惚惚地過著，是真實為生活帶來衝勁與樂趣。

進一步說，真實給了小夢上學的動力。在這之前，小夢覺得學校可去可不去，缺席也沒什麼大不了。

和真實變成朋友以後，她每天期待上學，在學校跟真實碰面，聽真實說話，向她學習，也一起玩樂。雖然課業還是很無聊，但光是這樣，來學校就有了意義。

不知不覺，她們從國中畢業的日子近了。小夢開始覺得不安，因為升上高中，就意謂著必須與真實分開。

真實的成績很好，應該會去讀好學校；但小夢的成績不太理想，恐怕無法進排名前面的高中。要是真實進了名校，以後就見不到面了。

但真實說了令人意外的話。她說要去讀學力偏差值低的私立高中，這樣小夢也可以一起。

周遭的人都覺得匪夷所思，也有不少人反對，覺得她應該去讀學力偏差值高的學校，例如都立高中。以她的程度，就算想進這附近偏差值最高的都立程久保高校，也不無可能。

但她卻固執地不聽這些意見，而且早就決定好要讀哪一所學校。

小夢也不敢置信，不明白真實為什麼要進那所高中。

起初，她想過真實說不定是為了自己。她不是說過去讀那所高中就可以一起這樣的話嗎？

但這個念頭很快就消散了。真實有非常理智的一面，不太可能只因為想跟朋友在一起，而放棄好學校。

應該還有別的理由，但是小夢不敢問，她怕問了以後兩人的關係會變得不自然。而且，要是惹得真實就此改變主意，說的確該讀別所高中，那就糟了。因此她一直裝作什麼都不知道。

多虧了這個決定，小夢升上高中後還是跟真實在一起，她們進了同一所高中——私立淺川學園。

於是四月時，小夢進入淺川學園，繼續與真實一起過著校園生活。

高中生活就像國中的延續版，沒什麼不同，小夢仍然過著沒有目標的日子。

不過，這樣的現狀很快就要打破了，契機是一本書。

那一天，小夢撿到了一本書。

第一部

◉第一話

復活的第一步

1

岡野夢是私立淺川學園一年級的學生。

淺川學園這所私立高中位於東京的西部，在關東平原盡頭、多摩丘陵開始起伏的地帶，那裡有許多小丘陵林立。

不過，淺川學園並不在丘陵上，而是座落於多摩川與支流淺川的匯流處，標高較低的地點。

因此校園經常有風吹拂。每年秋天，幾乎都會有吹過河川的強勁風力迎面撲來。

春天則很舒服，淺川的堤道種植著許多櫻花樹，落下的花瓣隨著春風飛舞，校園被漫天落櫻包覆，相當壯觀。這也成為淺川學園春季的著名景象。

四月中旬，這景象終於告一段落。某個星期六午後，小夢從校舍的窗戶無意識地眺望操場；即使櫻花盛開期已過，小夢還是很喜歡從教室窗戶望著操場。

從位於一樓的教室窗戶，小夢可以清楚看見前方的花壇。瑪格麗特、天竺葵、動章菊等春季花朵正盛開著。入學後沒多久，小夢就很喜歡盯著這裡看。

這個時候，看不到操場上奔跑的田徑隊員。只有通往校門的路上，零零星星幾個正要回家的學生，之後就看不見人影了。

雖然這天的課到中午就結束了，但小夢沉浸在由花壇與無人的操場交織而成、略帶沉鬱感的情景中，不急著回家。

她原本要跟跟朋友出去玩，但朋友臨時有急事取消了行程，因此，她的時間整個空出來。

這時小夢發現花壇對面，操場跑道附近的地上有個閃閃發亮的東西，一時看不出是什麼。一樓窗戶受限於角度，看不清那東西的表面有沒有寫字。

小夢拿起書包，離開教室，打算在回家的路上順道看個清楚。

在學校玄關的鞋櫃區換好鞋子後，她走向操場，漸漸靠近那閃閃發亮的東西所在的位置。

這時，她總算看清楚那是什麼了——那是一本書，封面是光滑的材質，因為反射陽光而閃閃發亮。

小夢把書撿起來，發現書名是：

《如果，高校棒球女子經理讀了彼得．杜拉克》

小夢想：「這書名真長啊！」接著又想：「是輕小說嗎？」

因為這本書的封面上，以動畫般的筆觸畫著一個高中女生，是輕小說常有的封面，背景是藍天白雲，下方畫著流動的河川[1]。

看到這幅圖，小夢覺得跟淺川有點像。

她環顧四周，完全沒有人。小夢盯著書，猶豫了一會兒。

沒多久，她把書收進書包，然後回家。

五天後下課，小夢坐在課桌前收拾東西準備回家，一個女生突然站到她面前。抬頭一看，是兒玉真實，小夢從國中就認識的好友。

真實劈頭就問：「妳讀了嗎？」

小夢以「！」的表情回答：「果然是真實放的。」

「啊，妳猜到了？」

「我想除了妳以外，不會有人做這種事。要是被別人撿走怎麼辦？」

「到時候再說囉。不過，小夢常常望著操場，我想妳應該會注意到。」

「我常常望著操場？」

「沒錯，像在找什麼似的。」

「是喔……也許吧。」

「妳覺得這本書怎樣？」

「嗯，有趣是有趣，不過……這到底是什麼？」小夢邊說，從書包裡把書拿出來。

真實接過書，說：「這可是《如果杜拉克》[2]喔。」

「《如果杜拉克》？」

「妳不知道嗎？前幾年很流行的呀！」

「是嗎？我完全沒印象。」

看到小夢不為所動的樣子，真實有些驚訝。她嘆了一口氣，說：「很像妳的作風。」隨即打起精神：「是這樣的，我之前認識了這本書的作者。」

---

1 參見本書後折口書封圖。

2 全書名為《如果，高校棒球女子經理讀了彼得・杜拉克》，日本簡稱為《如果杜拉克》。

「咦！這個——」小夢看著封面的名字，說：「岩崎夏海？」

「嗯，不過那是筆名，她的本名是北條文乃。」

「北條文乃？」

「嗯，妳知道北條文乃嗎？」

「不知道。」

小夢突然想到：「啊，是小說裡的人？」

這個名字是《如果杜拉克》裡的角色之一。

但真實搖著頭說：「這麼說也沒錯……不過，我不是指小說，是說新來的老師。」

「咦？啊！就是開學典禮上一臉緊張地向大家打招呼的那個人？」

「沒錯。那位老師把自己高中時的經歷，寫成這本《如果杜拉克》。」

「咦！那位老師是從程久保高中畢業的嗎？」

「嗯，而且她後來讀了東大。」

「那麼厲害的人，為什麼會來我們學校當老師？」

「好像有各種原因。總之我知道後，就把《如果杜拉克》找來讀，發現內容很有趣！」

「嗯嗯，最後打進甲子園的部分很感人！」

「沒錯，不過我對這個叫杜拉克的人很好奇，查了才知道，小說裡提到的這本《管理》，是四十年前寫的耶。雖然這麼久了，現在讀起來還是很受用——說得大言不慚一點，會感覺『這本書好像是為我寫的！』，我覺得很神奇。」

「嗯，我倒沒有想這麼多……」

看到小夢一臉疑惑，真實繼續說：

「我很好奇，所以向作者岩崎夏海——也就是文乃老師問了許多事。」

「嗯嗯。」

「文乃老師說，讀了《管理》，覺得這本書彷彿是為自己寫的，是很自然的事。她在讀《管理》的時候也曾經有這樣的感覺，而且，文乃老師認識的許多人也有同感。」

「咦！」

「我聽了文乃老師的話之後，就去查資料，想找出原因。原來，杜拉克寫這本書，本來就有這樣的用意。」

「喔喔。」

「杜拉克在四十年前，就知道接下來即將進入競爭社會，為什麼呢？他說，隨著資訊化社會愈來愈進步，知識階級會跟著擴張，於是參與競爭的人就增加了，導致競爭愈來愈激烈。」

「參與競爭的人增加？」

「例如在網路出現以前，買東西只能去附近的店家，對吧？所以附近的居民都會成為這家店的客人。也就是說，以前的競爭對手很少。但現在因為可以上網，客人會在網路上查詢店家，跟其他店家比較，競爭對手就變多了。」

「沒錯，我買東西一定會先上網查。」

「對吧？會查到很多店家，但是妳會跟哪家買？」

「當然是最便宜的店。」

「就是這樣！雖然對我們消費者有利，但會讓賣家陷入激烈競爭中。因為只有最便宜的店家有生意，所以不得不降低價格。」

「原來這就是『參與競爭的人增加』的意思。」

「所以，杜拉克預測競爭會愈來愈激烈——也就是競爭社會來臨，所以寫了《管理》。他說正因為處於前所未有的競爭社會，所以需要《管理》這本書。」

「為什麼競爭變激烈以後，大家會需要《管理》？」

「我也對這一點有疑問，所以去問了文乃老師。老師說，杜拉克認為，激烈競爭的結果往往只有一家獲勝存活，其他全是失敗者。這麼一來，許多人會因為競爭失利而丟掉工作，而太多人失業又會影響社會安定，不是好事。」

「沒錯！我姐姐也抱怨現在工作變少，很難找。她正忙著找工作。」

「所以，要讓人們安居，必須增加工作，這是《管理》最重要的任務之一。」

「管理是要『增加』工作？怎麼好像反過來了，『減少』工作才是管理吧？」

「那是面對『不必要的工作』時。管理確實必須減少不必要的工作，相反地也要增加必要的工作，創造大家的充實感。」

「充實感？」

「《如果杜拉克》裡不是有提到嗎？主角讓棒球隊成員擔任各種角色，好比讓聰明的學生擔任隊長，讓擅長跑步的隊友擔任代跑等。藉由增加重要的工作，讓每個隊員體會到一展身手的充實感與成就感，棒球隊與所屬的隊員們才會愈來愈有活力，朝氣蓬勃。」

「的確！只要有充實感，大家就會活躍起來。」

「像這樣，創造出讓人充滿活力的充實感，正是所謂的管理。杜拉克就是因為人們可能會在競爭社會失去位置而寫這本書，想傳達管理的知識。就算能多幫助一個人也好，他想讓更多人獲得充實感。」

聽真實說著「充實感」這個詞，小夢也跟著嚮往，內心彷彿「啪」的一聲有火光點燃，很溫暖。

這時，小夢想到：

「我就是因為真實才找到充實感，才會想上學、讀高中。」

接著又想：

「這樣的話，真實不就是我的『經理』了嗎？因為她帶給我充實感……」

彷彿看穿小夢的想法，真實立刻說：

「所以，我也想當經理。」

「咦！」小夢嚇了一跳：「妳要當什麼經理？」

「那還用說嗎，當然是棒球隊呀的經理！」

聽到這段話，小夢打從心底訝異，不自覺地喊：

「可是我們學校沒有棒球隊啊！」

2

真實露出神秘的笑容，說：「其實有呢。」

「咦？」

「我們這所高中隱藏著『夢幻棒球隊』喔。」

淺川學園是男女同校的私立高中，學生總人數不到八百人。創校於五十年前左右，大約是昭和中期，當時是經濟高度成長期，多摩地區的新市鎮有許多居民遷入。

因此，學校一開始就把提倡運動訂為政策，希望以此為宣傳，招收到更多學生，尤其對受歡迎的棒球隊下了許多功夫。從其他學校延攬有名的教練，也很早就實行特待生[3]制度，讓優秀學生減免學費。

3「特殊待遇學生」的簡稱。針對入學考試或特定科目成績優異的學生，提供學費全免或部分減免，或提供獎學金，以鼓勵入學的制度。

創校第五年時，淺川學園如願初次晉級甲子園，後來又有春季一次、夏季一次，共計三次打進甲子園。

但之後就無法再有好成績。那是隨著東京的高中數目增加，棒球水準也跟著大躍進的時期，強校陸續出現，要入選八強變得很難。這段時期，甲子園的冠軍都由東京都的學校包辦。

於是，棒球隊漸漸變成淺川學園的負擔。比其他社團擁有更多資源，卻拿不出相對的成績，球隊與教練因而飽受指責。

壓力持續累積，終於爆發，教練被指控假訓練之名向隊員施暴。

棒球隊內部也亂事頻傳，成員相繼出問題。違反校規之外，還有人因犯罪而被逮捕。

因此，「日本高等學校棒球聯盟」在教練被投訴後，對淺川學園提出停賽一年的禁令。

這件事讓校方決定解散棒球隊。既消耗經費、又打不進甲子園，這個只會惹麻煩的累贅社團，實在看不出留著的理由。之前沒有廢掉棒球隊，只是不希望引起太大風波而已。

棒球隊就這樣一步步走向滅亡，那是一九九〇年代初期的事。此後四分之一個世紀，持續著休止的狀態。

棒球隊在小夢出生前就解散了，所以她會認為學校沒有棒球隊並不奇怪。

真實對小夢說：

「小夢不知道吧？搭單軌電車往多摩中心站的途中，能在山坡上看到『淺川學園』的舊招牌。」

「啊，我知道。在明星大學前方對吧？」

「對，那裡就是我們學校棒球隊的球場喔。」

「是這樣嗎？」

「嗯。那裡的地也屬於學校，據說隊員以前都是徒步走到那邊。」

「很遠呢，而且在山上。」

「是呀，所以有『地獄般的登山之路』的說法，好像很多隊員會因此嫌麻煩而不去練球。」

「喔。」

「不過現在有單軌電車，交通方便多了。只是棒球隊消失了，沒有人會再去那裡。」

「真實為什麼會知道這些？」

「這個嘛，是那個人告訴我的。」

「誰？」

「嗯……」真實好像想到了什麼，說：「乾脆現在就去見那個人吧！」

然後迅速跑出教室。

小夢慌張地追在後面。

從淺川學園走路約五分鐘的地方，有個叫做「淺川學園前」的單軌電車月台。從那裡搭單軌電車往南，將會駛進連續的丘陵地，在丘陵間像縫線般曲折地行駛，七分鐘之後會抵達球場附近的車站。從球場到車站大約要走三分鐘。

她們兩人花了大概十五分鐘抵達球場。看到入口處的金屬大門旁，有一名男學生站在那裡。

「經理！」真實邊揮舞著手。

那個男生帶著羞澀的笑容說：「不要這樣叫我啦，我會不好意思。」

「你明明就是經理呀。」

「呃，用平常的方式稱呼就好了。」

「那『富樫同學』可以嗎？」

「叫我『公平』就好，大家都這樣叫。」

「我知道了。公平同學，這是我從國中開始的好朋友，岡野夢。」

「你，你好……」

小夢結結巴巴地打招呼，因為怕生，她不擅長應對初次見面的人。

「小夢，這位是棒球隊經理，富樫公平同學。」

「我是公平，請多指教。」

小夢露出驚訝的神色，說：「竟然真的有棒球隊！」

公平再次以靦腆的表情回答：

「嗯，不過，隊員還只有我跟兒玉兩個人，棒球隊今年四月才剛重新開始。」

富樫公平是就讀淺川學園三年級的學生。去年為止本來沒有參加任何社團，因為聽了實習老師的話，突然對棒球隊產生興趣。

這位實習老師在高中時，曾經因為讀了有「二十世紀代表性思想家」之稱的彼得．杜拉克的著作《管理》，讓所屬的都立程久保高校棒球隊首次打進甲子園——她就是北條文乃。她在擔任實習老師時，提過許多關於杜拉克的事，以及《管理》這本書的內容，公平覺得很有趣，於是也想成為棒球隊的經理。

但是，淺川學園沒有棒球隊。仔細調查後發現並不是沒有，而是很久以前就停止運作。

於是公平跟學校交涉，申請重新成立棒球隊，但當時校方以「缺乏指導老師」為理由，斷然拒絕。

公平沒有放棄，之後又以各式各樣的方式向學校反應，想恢復棒球隊。

今年四月，學校終於允許棒球隊復活。這時，指導老師由已獲得正式教師資格的文乃擔任。

所以淺川學園棒球隊雖然只有公平一位隊員，但已重新啟動。

「我知道了以後，也覺得很有興趣，」真實說：「所以拜託公平讓我加入棒球隊。」

「別這麼說，隨時都歡迎新成員加入喔。」

聽到這句話，小夢說：

「呃……隊員只有公平跟真實而已，那真實是怎麼知道棒球隊的事？」

「文乃老師告訴我的。」

「可是文乃老師跟我們沒有關係啊，她又不是我們這年級的導師。」

「是我去找她的，聽說她是個有趣的人。」

「有趣？」

「她在開學典禮上那麼緊張的樣子，妳不覺得很少見嗎？聽到別人問她問題，她一定回答：『咦？喔……是。』去年她當實習老師的時候，現在升上三年級的學長姐好像給她取了一個綽號，叫『咦喔是』呢。」

「原來——」

聽到這段話，小夢想起來了，真實喜歡與眾不同的人，尤其是不擅長溝通的人。

她會跟小夢做朋友，恐怕也因為這個。小夢幾乎不開口跟人說話，讓她覺得很有意思。雖然沒有明說，但小夢隱隱約約察覺到了。

「因為這樣，從現在起，我也是棒球隊的經理了，不過……妳覺得如何？」

聽真實這麼問，小夢坦率地回答：

「我覺得很好，很適合妳。我贊成。」

真實聽了皺起眉頭說：「不，我不是這個意思……」

「啊？」

「我想問妳，要不要也加入，跟我一起當球隊經理？」

「什麼！」

3

小夢嚇了一跳，不自覺地提高了音量。因為目前為止，她從來沒有當棒球隊經理之類的念頭。

不過她立刻恢復正經的神情，稍微想一下就抬起頭來，看著真實說：

「我想加入，當棒球隊的經理！」

下一瞬間，真實抱住小夢，親了她的臉頰。

驚訝的小夢不經思索，尖叫起來，但真實依然緊緊抱著小夢，說：

「不愧是小夢，很乾脆，我最喜歡妳這一點了。」

小夢維持被抱住不放的姿勢，問：

「可是，我真的做得來嗎？」

真實聽了說：

「不是有夢就好，是有夢最好！」

聽到這句話，小夢朝向真實，深吸一口氣，連鼻翼也撐大了，說：

「我會努力！」

「嗯！」

真實再次緊緊抱住小夢。公平的臉都紅了，側眼看著這一幕。

終於，真實放開小夢，說：

「那趕快讓妳看看棒球場吧。公平，麻煩你。」

「好的。」

公平用帶來的鑰匙打開鐵製的門，生鏽的門軸發出聲音，鐵門沉重地開了。

門一開，一片草原延伸在眼前。

「哇！都荒廢了。」真實感嘆著。

聽到她的話，公平說：

「沒辦法呀，已經閒置二十五年了。」

真實望著這片草原說：

「恐怕要先從替球場除草開始……」

三人試著繞球場一圈。入口附近是本壘板。兩側是長椅，上方有水泥屋頂遮蔽。一壘方向的長椅後方是投手練習區，外野架設著圍牆。對面是西北向的斜坡，學校的舊門牌就立在那片傾斜地上。

球場位於小丘陵頂端附近，視野非常良好，不論從哪個角度，都能眺望到剛才搭乘的單軌電車高架道、對面的多摩動物公園，以及多摩丘陵的群山。

「好漂亮啊……不得了，從那邊可以看到淺川，」小夢把手放在外野圍牆上，指著東北向方大聲說：「簡直就像《天空之城》一樣。」

真實轉過頭，說：「這個名字好！」

「啊？」

「我們就把這座球場稱為『天空球場』吧。」

對這個提議，小夢大喊：「好耶！」，公平也佩服地點頭說：「太棒了。」

從那天起，淺川學園棒球隊的球場就叫做「天空球場」。

之後三人回學校，這次不搭單軌電車，試著實際走走看。結果大約是四十分鐘的腳程。

他們在途中談論棒球隊的未來。

「首先一定要先找到球員，」公平說：「而且必須重新整頓球場。」

真實聽了，說：「你忘了，在這之前還有一件重要的事。」

「什麼？」

「我們也應該像文乃老師一樣研究管理和經營。」

「對喔，那我們從杜拉克的《管理》讀起嗎？」

「那樣雖然也沒什麼不好……」真實低垂著視線說。

「嗯？」

「但機會難得，也許該嘗試新方法。」

「什麼樣的新方法？」

「我想，文乃老師已經運用過杜拉克的《管理》了，再用一次未必是好主意，我們不要如法炮製。」

「那……？」

「應該要讀屬於我們的、新的一本書。」

「對喔，」公平以佩服的表情說：「好，我也喜歡嘗試新東西。」

「就是說嘛！」真實臉上的表情變得明亮起來。

「不過——」小夢這時接話：「要讀哪一本新的書呢？」

真實帶著笑意說：「我已經找好了。」

三人回到學校，前往真實的教室。在教室裡，真實從書包拿出一本書，給小夢和公平看。

「鏘鏘鏘鏘，就是這本。」

公平唸出封面的書名：「《創新與企業家精神》[4]？」

「沒錯，我想用這本書做為我們的參考書。」

「為什麼選這本？」

聽到小夢這麼問，真實回答：

「其實我先問過文乃老師了。」

「咦！」

「讀完《如果杜拉克》，我去找文乃老師，問她接著《管理》之後應該要讀什麼？於是她介紹我這本。」

「喔……」

「文乃老師說，接下來應該是創新的時代，這本書會更加重要。」

「創新的時代？」這次換公平反問。

真實回答：「杜拉克說，企業的功能有兩個。」

「是『行銷』與『創新』吧？在《如果杜拉克》裡有提到。」

「文乃老師說，在競爭社會裡，創新的重要性會愈來愈明顯。」

「為什麼創新的重要性會愈來愈明顯？」小夢問。

真實這次看著她回答：

「因為創新是在競爭社會生存的最佳方式。」

4《*Innovation and Entrepreneurship*》目前中文版譯為《創新與創業精神》，日文版譯為《創新與企業家精神》，因為要順應故事脈絡，本書沿用日文版譯法。

「咦？」

「文乃老師說：『創新就是不參與競爭。』」

「什麼意思？」公平又問。

真實回答：「創新，就是創造出新的事物。創造出新事物就沒有競爭對手，因為是新開發的領域，還沒有人參與競爭。」

「喔。」

「例如蘋果推出iphone就是一大創新。因為沒有其他智慧型手機，所以iphone暫時沒有對手，當時要買智慧型手機，就只能買iphone。」

「原來是這樣。」公平聽了點頭。真實繼續對他說：

「就像這樣，展開創新，就不用加入競爭。就算競爭社會持續發展，還是可以生存，就是這個道理。」

「的確。」公平接著說：「這麼一想，所謂競爭，都是針對有歷史的事物。像高中棒球賽有一百年歷史，因為歷史悠久，參加的學校將近四千所，競爭激烈。但是在一百年前高中棒球賽剛誕生時，參賽的學校很少，只有七十三所，競爭並不激烈。」

「就是這樣。競爭社會就跟高中棒球賽一樣，除了唯一的獲勝者外，其他人都是失敗者，是相當嚴苛的環境，會讓人活得很痛苦。所以要透過創造新事物，減緩競爭態勢——這是杜拉克的想法。」

「嗯嗯……」小夢胸前交叉著手臂，露出思考的神情：「不加入競爭，反而是在競爭社會生存的方式……」

「那，要怎麼創新？」

聽到公平這麼問，真實說：

「為了詳細說明創新的方法，杜拉克寫了這本《創新與企業家精神》，接下來大家要一起讀它——老師是這麼說的。」

公平聽了說：

「我明白了。那麼，就從一起讀這本書開始吧！」

三人說好各自回家去讀《創新與企業家精神》當做功課後，互道再見。

4

從學校回家的路上，小夢繞到這一帶最大的高幡不動站，在車站建築內的書店買了《創新與企業家精神（菁華版）》，彼得・杜拉克著，上田惇生翻譯，鑽石社出版，定價是一六〇〇日圓稅外加。

這個價格對小夢來說可不便宜。不過，買參考書可以請爸媽出錢，所以應該沒什麼問題。

跟買書錢相比，更大的難題是如何讀懂。小夢才翻到這本書的開頭，立刻就遇到挫折。

一八〇〇年左右，法國經濟學家尚巴蒂斯特・賽伊（Jean-Baptiste Say）說：「企業家就是將經濟資源，從生產性低的地方轉移到生產性高的地方、從收益小的地方轉移到收益大的地方。」但是從賽伊首次提出「企業家（entrepreneur）」這個詞以來，至今企業家與企業家精神的定義還相當模糊。（三頁）

小夢不懂這段文章中的「企業家」是什麼意思。不過既然出現在書名，應該很重要，要是一知半解地帶過恐怕不行，所以她去查《廣辭苑》。

辭典中這樣寫：

【企業家】為了營利，自發性地擔任經營、資源調度工作，以產出商品的人。企業的經營者。

讀著這段解釋，小夢想：「簡單說，就是社長或經營者嗎？」

「可是，這樣寫『社長』不就好了？或是像《管理》，寫『經理人』就好了。」

小夢這麼想。

不過，這本書好像把「經理人」跟「企業家」分開，所以特地使用這個詞。

小夢頻頻看著這本書的封面，發現在日文書名下方，有一行英文小字寫著「Innovation and Entrepreneurship」。

其中「innovation」大概是創新，那麼「entrepreneurship」會不會就是「企業家精神」呢？

於是小夢又去查英日字典中「entrepreneurship」的意思，只找到接近的字：

【entrepreneur】創業家。

這裡寫得很像，但書裡寫的是「企」，這裡是「創」。

看到這個字，小夢終於能推敲書名的意思。「創」是「開創」的意思，就是「開創出某種新事物」吧。也就是說，在經營者中，特別將「開創出某種新事物的人」稱為「創業家」，與一般經營者做出區隔。

「這麼一來，這本書就是在寫『開創出某種新事物（創新）』與『開創出某種新事物的精神（創業家精神）』吧。」小夢這樣想。

但如果是這樣，為什麼日文書名特別用「企」字，寫成「企業家」，而不用「創」呢？

這個疑問先擱一邊，小夢先回去思考開頭那段話的意思。

目前已經知道的是，提出「企業家」這個詞的人是經濟學家，而且提出二〇〇年以來，定義仍相當模糊。

「在全書開頭特地寫出這段話，」小夢想：「杜拉克是不是想在這本書中釐清這個詞的定義呢？才會一開始就這樣寫。」

如果，為「企業家」及「企業家精神」確立定義是本書的目的之一，那麼，只要往下讀就會讀到了吧。

這讓小夢稍微輕鬆一點。雖然不懂「企業家」的意思，但好像不只她一個人不清楚。畢竟在過去二百年間，定義始終沒有真正明確過。

「這樣想來，杜拉克真是個厲害的人呢！」小夢想，並以期待的心情讀下去。

果然如預期，後面立刻出現了。

書裡這樣寫著：

> 所謂的企業家精神，是與其將已經做過的事做好，更傾向展開新事物，發掘其中的價值。（四頁）

「與其將已經做過的事做好，更傾向展開新事物，發掘其中的價值。」這就是杜拉克為「企業家」及「企業家精神」所下的定義。

讀到這裡，小夢立刻想起白天真實說的話。

從棒球場回學校的路上，真實說：

「我想，文乃老師已經運用過杜拉克的《管理》了，再用一次未必是好主意，所以我們不要如法炮製。」

公平也說：「好耶！我也喜歡嘗試新東西。」

這兩個人同時說出同樣的話，都說「想嘗試新東西」，也都認為「與其將已經做過的事做好，更傾向展開新事物，發掘其中的價值」。

想到這裡，小夢很佩服。

「好厲害，真實跟公平已經具備企業家精神了！」

接下來，小夢想到自己。

「跟他們相比，我的企業家精神遠遠不夠，他們討論得起勁的時候，我什麼也沒想。老實說，我甚至覺得只要讀《管理》就好。」

也就是說，自己根本不像企業家——小夢不得不承認這個事實。

但是她並不在意。就算缺乏這方面的素養，也沒什麼問題。

因為小夢的自我評價本來就不高，即使發現自己缺乏企業家精神，也不會受到打擊。原本就是想幫真實的忙才當球隊經理，所以，自己就算沒有企業家精神也沒關係。

小夢很喜歡真實，在真實面前，可以自在地做自己。

真實說的話，小夢會盡可能聽從。過去因而發生了許多好事，她覺得以後也應是。

所以才會在想出結論之前就先同意擔任球隊經理，認為沒想清楚就答應也沒關係。

小夢對自己缺乏企業家精神並沒有太掛心，相反地，在體認到「自己不是企業家」後，立刻就忘了這件事，繼續讀下去。

不過小夢後來還是為缺乏企業家精神所苦。只是這時候，她還不曉得罷了。

◉第二話

沒有球員的棒球隊

5

接下來的三天，小夢都在讀《創新與企業家精神》。但是她一直讀不懂，結果只讀了全書的五分之一。

即使是這五分之一，她也沒自信真的讀懂了。只讀一遍，並不能了解杜拉克到底在寫什麼。

然後她參加了在校舍一樓西側小教室舉行的棒球隊會議。這一天，三人再次聚集，準備討論接下來要做什麼。

小夢來到教室，接著公平也來了，小夢以「午安」打過招呼後，兩人就沒有繼續交談。除了真實以外，她不太擅長跟其他人聊天。

公平試著打開話題。

「覺得怎樣，讀完了嗎？」

「不，還沒……我只讀到第五章。」

「咦？好厲害！我讀到第三章就卡住了……」

「真的很難耶。」

「這本有沒有像《如果杜拉克》這樣的簡易版？如果有的話，我比較想讀這種。」

就在這個時候，真實加入了他們。小夢對於不必繼續跟公平獨處，鬆了一口氣。

兩個女生跟在真實後面進來，真實把她們介紹給小夢與公平。

「這是柿谷洋子同學與神田五月同學，兩人都說想當棒球隊的經理。」

「咦！」公平嚇了一跳。「兩人都想加入？」

「可以嗎？」

聽到真實這麼問，公平在驚訝之餘回答：「啊？……嗯，嗯，當然可以！」

洋子跟五月握著手高興地說：「太好了！」看來她們是朋友。

真實繼續介紹這兩位同學：

「她們都是因為讀了《如果杜拉克》，對棒球隊的管理產生興趣，從文乃老師那邊聽到消息過來的，所以我就問她們要不要當棒球隊的經理。」

「我想多學一些管理技巧。」柿谷洋子這麼說。

「我嚮往小說那種熱血的青春。」神田五月也接著說。

洋子的個子雖小，但是個五官端正的漂亮女孩，給人才華洋溢的印象。五月戴著眼鏡，乍看雖不起眼，嘴角卻浮現促狹的笑容，彷彿隱藏著某種異於常人的特質。

「這樣就一口氣增加到五人了，光是經理就有五個人，真想不到。」公平感嘆著：「可是球員目前一個都沒有呢。」

真實不理會他，催促洋子與五月坐下，自己站上講台當主席。

「棒球隊的會議現在開始。首先按照上次的決定，根據《創新與企業家精神》來訂定棒球隊的『定義』。」在《如果杜拉克》中，經理一開始決定了棒球隊的定義，那是管理工作最優先的項目。」

他們也跟著做，先確立「棒球隊的定義」。只是這次不是參考《管理》，而是《創新與企業家精神》，這是新做法。

「公平同學，你覺得呢？」

面對真實的詢問，公平面有難色地回答：

「哎呀，那個……我還不太懂。」

「啊，我也是，」小夢趁著被問到之前，趕快承認：「真的很難……」

真實聽了面不改色，繼續說：

「當然，這本書不是馬上就能讀懂，沒關係，接下來可以花幾年時間慢慢理解。它是這樣的書。」

她轉身面向黑板，手上握著粉筆說：

「那麼，就從開頭的部分，我把自己感興趣的句子寫下來。首先是這句——」

企業家會進行創新，創新是企業家特有的工具。（七頁）

真實邊看著自己寫在黑板上的這段話說：

「我們以經理的身分成為棒球隊的『企業家』。我們不只是經營者，更要創造出新價值。創新是達成目標的方式，不創新，就無法產生新的價值。」

「原來如此……」公平覺得佩服，寫在筆記本上。小夢、洋子與五月也跟著做。

看到這一幕，真實繼續說：

「那麼，接下來會面臨『要怎樣才可以做到創新？』這個問題。關於這一點，杜拉克這樣解釋——」

小夢翻開《創新與企業家精神》，朗讀相關句子。

我們還沒有建構創新的理論。但是很清楚在何時、何地、如何有系統地找尋創新的機會，以及如何判斷成功的機率與失敗的風險。雖然還很粗略，但進行創新的方法與必要知識已經具備。（一一頁）

「還有，」真實繼續說：「杜拉克歸納出這樣的結論——」

產生新事物的機會也會發生變化，創新就是有意識或有組織地尋求改變。（一一頁）

公平提問：「尋求改變，是指什麼？」

對於他的問題，真實回答：「杜拉克指的是：要用心留意發生在我們周遭，『不同於以往』的現象。」

「那『變化』，具體來說又是什麼？」

「有很多種，杜拉克分成七個類型。」

「啊，對了！」小夢提高音量：「後面說有『七個機會』。」

「沒錯！杜拉克把應該注意的變化分成七種，各有什麼跡象與特徵，以及運用的創新實例等，在書裡有詳細說明。」

「原來如此，這一章原來是在說這些啊。」公平佩服地點頭。

真實接著說：「所以，只要參考這一章，就知道杜拉克所謂的『變化』是什麼——我想這裡很清楚。」

「那我們一開始要做的事，就是參考書裡的內容，找出我們周遭的『變化』。是這樣沒錯吧？」洋子這麼說。

聽到她的話，真實微笑地說：「是的，所以從現在開始，大家一起想想吧！」

「剛說的『七個機會』，包括哪些？」這次是五月舉手發言：「抱歉，我還沒讀過這本書。」

「沒關係，」真實說：「這七個機會，包括這些喔。」

真實在黑板上寫下：

第一、預料之外的事
第二、落差的出現
第三、需求的出現
第四、產業結構的變化
第五、人口結構的變化
第六、認知的變化
第七、新知識的出現

看到這些，公平說：「那麼，我們應該從哪一項開始呢？」

真實回答：「杜拉克說——」

不過，這七個機會的順序是有意義的。根據可靠與可預測性來排序，由高排到低。（一三頁）

「也就是在這七項中，第一種機會的『可靠與可預測性』最高。所以，我們先從『預料之外的事』開始吧。」

6

「預料之外的事……嗎？」公平偏著頭說：「我也有讀到那一段，但總覺得跟我們好像沒什麼關係。」

「怎麼說？」

「我們不是什麼都還沒進行嗎？不論是『預料中』還是『出乎意料』的事都還沒發生，所以我認為跟現在的我們沒關係。」

「原來如此……」真實雙手抱胸，思考了一會兒才抬起頭，說：「反正，我們一起讀一遍看看吧！」

真實翻開書頁，唸出以下的段落：

預料之外的成功是創新的最佳機會，沒有比這個風險更小、更不費力的了。然

而，預料之外的成功幾乎完全會被忽視，甚至被徹底否定，很可惜。（一四頁）

這時，「請問……」五月再次舉手。

「書上說的『預料之外的事』，到底是指什麼？」

「這個嘛……」真實的眼光停留在書頁上，說：「『預料之外的事』是指沒想到的成功與失敗，也就是跟預期不一樣的事——杜拉克是這麼說的。」

「例如什麼呢？」

「這本書舉的實例，是發生在梅西百貨的事。那是在杜拉克寫這本書的三十年前，也就是一九五〇年代吧。在紐約的梅西高級百貨公司，家電產品意外地賣得很好。為什麼說是意外，因為梅西的主力商品是女裝，他們認為家電是附屬商品。這就是預料之外的成功。」

「原來如此——」五月說：「跟原本的計畫不同的另一種成功，就是預料之外的成功。」

「沒錯。而且杜拉克說，儘管沒有比這更好的創新機會，卻常常被忽視。」

「忽視？」

「嗯。例如剛才提到的梅西百貨，當時的經營者說——」

在我們這樣的賣場，女裝應該佔營業額的百分之七十。家電大幅成長，甚至達到六成，我認為這是異常。為了恢復正常的水準，我們試著提升女裝的業績，但是一直不順利。（十四～十五頁）

「咦！」五月睜大眼睛：「難得家電賣得那麼好，卻沒有特別高興，為什麼他們會這麼想呢？」

於是真實繼續唸出接下來的內容。

管理否認預料之外的成功，因為每個人都認為長久以來的現象才是正常，應該會永久持續下去。只要違反自己當成自然法則的現象，就視為異常、不健全、不健康，全然抗拒。（一六頁）

「所以書上還寫：『能夠謙虛地接受變化，需要很大的勇氣』。」

聽到這句話，五月點頭並接著說：

「我好像懂喔。有一次我換了新髮型，剪短很多，結果周遭的人都說『這不適合妳』，讓我嚇一跳。」

五月現在的髮型，正是稍微有點短的短髮。

「更令我驚訝的是，過了一個星期以後，大家都把自己說過的話忘得一乾二淨，最早說『不適合妳』的人還誇獎我說『很好看』呢。」

「喔……」

「現在回想起來，那時讓大家抗拒的不是髮型，而是『改變』吧。」

「很有趣的聯想。聽妳一說我才想到，杜拉克曾經寫過這樣的話——」

> 對於預料之外的成功，人們往往不會發現，甚至沒有注意到。不加以利用，而是直接跳過，不予理會。（一七～一八頁）

「也就是說，許多人會不自覺地抗拒變化，連自己都沒有發現。那些不習慣五月新髮型的人也沒有察覺這一點，才會在一時驚訝之後，完全忘了自己覺得不適合，又改口說好看。」

「這麼一想，『預料之外的成功』其實就在身邊呢，」五月說：「我們周遭就有很多『預料之外的成功』的例子，只是沒有注意到罷了。」

洋子也跟著附和：「沒錯。人對於『成功』其實很遲鈍，因為大家的標準都很高，認為成功才是應該的。」

聽到這裡，真實好像忽然想到了什麼——

「既然這樣，我們現在不是已經獲得意料之外的成功了嗎？」

「咦，是什麼？」公平表現出很想知道的樣子。

真實忍著笑意回答：

「沒發現嗎？公平同學，你剛剛才說過的。」

聽到這裡，小夢忽然大聲說：「是經理！」

「咦？」公平發出驚訝的聲音。

小夢望著公平的臉，說：「剛才你說，『光是經理就有五個人，真想不到。』」

「是啊！」公平也感到訝異：「難道這就是『預料之外的成功』？」

「沒錯！」真實點頭：「我們才剛讓棒球隊復活，就已經有五位經理了，如果這不叫成功，那又算什麼呢？」

「的確……是這樣耶。要重新讓棒球隊開始運作，本來應該先招募球員，沒想到還沒公開徵求就找到五名經理，真夠意外。」

「活用『預料之外的成功』就可以發現創新的機會，不是嗎？這就是杜拉克的意思。」

> 要利用預料之外的成功所帶來的創新機會，必須加以分析。（一九頁）

「所以我們要不要先來『分析』，為什麼會找到五名經理？」

這時洋子問：「怎麼分析？」

聽到這個問題，真實胸前交叉著手臂思考，說：

「嗯，我想先從為什麼會發生這樣的現象調查起好了。」

「怎麼調查？」

「這個嘛——」真實環顧大家，說：「我想問這裡的每個人，為什麼會想當經理。了解這些，或許能找出成功的原因。」

「既然這樣，我先！」洋子主動舉手發言：「我將來想創業，不論讀大學或就業都引不起我的興趣，所以我想學管理。可是高中沒有學習的環境，正好我讀了《如果杜拉克》，所以對棒球隊的管理有興趣。」

真實將這些話記下來，接下來點名五月，於是五月站起來發言：

「我是洋子的朋友，除了因為洋子找我加入……雖然我是個運動白癡，但我嚮往熱血的青春，我想，加入棒球隊或許可以實現吧。而且，以甲子園為目標去流汗、流淚，不是很棒嗎？」

「原來是想體驗熱血的青春啊。那，接下來輪到公平。」

「我是讀了《如果杜拉克》受到啟發，也對文乃老師提到的《管理》感興趣。不過，我希望能對別人有幫助，這是更主要的原因。我也不擅長運動，更沒什麼嗜好，每天只是不知不覺讓時間過去，但總覺得這樣不行，我希望能活得更充實，這是我想讓棒球隊復活的原因。只要採取行動讓棒球隊重新開始，我想自己一定可以活得更精采。」

接下來，真實說：

「我上高中以後，想做一些有趣的事。所謂『有趣』，是指會讓人學到東西。

我想學個什麼，但上課也好，社團活動也好，都太普通，提不起勁。我想透過某種新方法，誰也沒試過的方法來學習。這時，我知道了《如果杜拉克》這本書，讀了以後覺得很有趣。我期待像他們一樣學到新東西，所以想當棒球隊的經理。」

真實最後問到小夢：「小夢為什麼會想當經理？」

小夢不知該說什麼。

這時候，她拚命想答案。當真實說要問大家當經理的動機的那一瞬間開始，她就在想到底該怎麼回答。

可是一直想不出來。如果要說實話，答案就是「因為真實提議」。可是她覺得這個答案恐怕行不通，太沒有想法了，恐怕會被大家當成傻瓜。

幸好真實到最後才問她。說不定她注意到小夢很茫然，所以把她排在最後，但小夢還是沒想出什麼好答案。

沒辦法，還是先開口吧，一旦開了口，說不定就會自然地說出什麼。小夢邊這樣想，邊改變態度站了起來。

「我……」

小夢在一瞬間望向其他人，發現大家都以認真的眼神看著她。

她看向站在講台後的真實，真實果然也以認真的眼神看著小夢。

但是真實的表情跟其他人稍微不同。她好像很高興，嘴角浮現期待似的微笑，看得出來很想聽小夢的答案。真實跟小夢說話時，經常有這樣的表情。

看到她的樣子，小夢忽然想起那個詞，於是說：

「我……在尋找充實感。」

聽到這句話，真實反問：

「充實感？」

小夢略略低下頭思考，一會兒後，再度抬起頭回答：

「我想尋找感覺得到活力的地方。我總覺得不論在家或學校，都沒什麼差別，可有可無——」

她稍微停頓了一會兒，再接著說：

「但自從跟真實做朋友後，我覺得找到充實感了。只要跟真實在一起，我就很有精神，真實為我提供了充實感。」

大家都安靜地聽著。小夢又繼續說：

「我需要充實感，所以來當經理。我想當棒球隊的經理，讓球隊成為給人充實感的地方。」

7

「原來如此，真的很有趣。」一陣沉默之後，真實開口說：「雖然只有五個人，卻有各種不同的意見。不過，各位的期望與需求，我現在都明白了。」

「原來其他人是這樣想的，我聽了覺得很感動。」這次換五月說：「不過，我跟大家也有同樣的想法喔。我也想學管理、希望對別人有幫助。我也對新的事物感興趣，當然也想找到充實感。說到充實感，以前我也很苦惱呢。」

「真的嗎？」洋子這麼問。

五月嘆氣說：「妳好像沒有這方面的煩惱。」

「沒錯！」洋子這麼說，教室裡響起大家的笑聲。

於是這一天的會議結束了。下次將根據這次提出的意見進一步討論，如何運用「預料之外的成功」來創新。

沒想到第二天，「預料之外的成功」再度出現了。真實又帶了一位想進棒球隊的同學來，這位男生名叫木內智明。

「請多多指教。」智明鞠躬說。光看臉，他的確長得很帥，可是他的頭髮像昭和時代的電影明星一樣旁分，散發出一種獨特的懷舊氣息。

「我只是問問看，他就說一定要加入——」真實對表情有點凝重的公平說：

「可以讓他參加嗎？」

聽到這句話，公平驚訝地回答：

「當然可以……可是妳究竟是怎麼說的，為什麼大家都想當經理？是不是有什麼超厲害的必殺口號？」

「沒有，我什麼都沒說。不過……」

「不過？」

「昨天洋子說的加入動機很有意思，所以我告訴他，他聽了很感興趣。」

「我？」洋子露出意想不到的表情，指著自己。

真實向洋子點頭邊說：

「昨天妳說『想學管理，可是在高中沒有學習的環境。』我發現，那不就是杜拉克提到的『落差』嗎？」

「落差？」

「嗯。昨天有讀到『落差的出現』，那是尋求創新的第二個機會。《創新與企業家精神》是這樣寫的——」

所謂落差，就是現實與理想的差距，或是應該如何卻沒有做到，與實際不一致。（三三頁）

「也就是，儘管洋子有想學管理的需求，但高中沒有這樣的學習環境。我想這也是一種『落差』。」

「的確……不過，為什麼高中不教管理？」

「杜拉克對於這些問題，是這樣解釋的——」

有些事原因不明，甚至無法推估。儘管如此，落差的出現是創新機會的徵兆。（三三頁）

「也就是說，造成的原因先不管，『落差』本身確實是創新的機會。所以洋子的需求，可是創新的機會喔。」

「我的需求是創新的機會！我完全沒發現……」洋子非常驚訝。

「不只這樣，」真實再次朝向大家說：「我跟公平、洋子與五月，還有小夢，多多少少不都對管理感興趣嗎？」

「是這樣沒錯。」公平點頭。

「所以，我想這也是一種『需求』。」

「需求？」

「就是杜拉克說的，創新的第三個機會。《創新與企業家精神》裡說——」

> 做為創新之母的需求，是特定的需求，不是一般不明確的需求，必須很具體。因為預料之外的成功與失敗，跟落差一樣存在於企業或產業的內部。（四五頁）

「『明明需要管理的知識，但高中沒有教管理的課程』——我想沒有比這更具體的需求了。」

「咦，也就是——」公平說：「那既是『落差』，也是『需求』？有兩種機會重疊？」

聽到他的話，真實點頭說：

「關於這點，杜拉克這樣解釋——」

這七個創新機會並不是涇渭分明，而是互有交集。有點像七個窗戶，從每個窗戶望出去的景色，跟隔壁窗戶看到的沒有太大差距，但是從房間正中央看出去的七個景象則不同（一三頁）

「換句話說，創新的機會重疊，是很常見的現象。當然，有多項條件重疊，說不定是更好的創新機會。」

接下來，她指著新加入的智明說：

「所以我試著問他：『如果可以學管理，你會不會想參加？』」

智明聽了，回答：

「我很喜歡棒球，不只是打棒球，也喜歡看球賽、研究棒球。所以我從以前就想當棒球隊經理，嘗試做像總經理——在大聯盟叫做ＧＭ——的工作，正好這次聽到兒玉同學詢問。」

聽到這段話，五月插嘴：「啊！這就是真實進行的創新！」

「咦？」

「邀請隊員的創新。你們不覺得她邀請的方式很新奇嗎？一般的說法都是『你要不要打棒球？』，真實卻問『要不要來當經理？』」

「噢！」大家一起發出感嘆，連真實都露出驚訝的表情。

五月接著說：「回想一下，我們首先著眼於『預料之外的成功』。」

「我們注意到『光是經理就聚集了五人』的狀況。」洋子補充。

五月點頭，繼續說：「於是，在分析成功的原因時，真實發現了『落差』的出現。」

「不論是我或各位，大家都想學管理，但是學校沒有這樣的課程。」

「於是也看出其中有『需求』，很多高中生需要學習管理的機會——察覺到這樣的具體需求。」

「再從『提供學習管理的機會』詢問，一下子就找到第六位願意加入的同學。」

「於是『邀請隊員的創新』達成了……就是這麼回事。」公平接著說。

真實聽了，說：「很有趣！這麼一來，我也知道『棒球隊的定義』了。」

「什麼樣的定義？」

聽到公平這麼問，真實回答：「我們的棒球隊，並不是為了打棒球而存在的組織。」

「咦！」公平大叫：「那我們是什麼樣的組織？」

「是學習管理的組織。」

「啊？」

「目前為止，棒球隊都是以球員為主角，經理是配角，因為棒球隊的定義自始至終都是『為了打棒球而設立的組織』，經理只不過是助手而已。」

「嗯，那是常見的情形。」

「跟一般的球隊不同，我們的棒球隊是以經理為核心，這些經理是為了學習管理而加入的。」

8

聽到真實的話，大家都安靜下來，每個人都不知該如何反應。

最後，公平以驚訝的表情低聲說：

「這的確很新……」他環顧周遭其他人，繼續說：「成立棒球隊不是為了打棒球，而是為了學管理，這我還是第一次聽到。」

「可是……」洋子有些不安地開口：「這麼大膽的定義真的沒關係嗎？大家會不會覺得這群人腦袋有問題？」

「當然也有可能。」真實回答。

「對吧，風險太大了。」

聽到洋子的話，真實說：

「不過，這個定義可不是隨便想出來的，也不是我們的理想或願望，而是從『預料之外的成功』的實際狀況分析得來的結果。」接著，她對照《創新與企業家精神》繼續說：「杜拉克對於『預料之外的成功』是這麼說的——」

預料之外的成功是機會，但也有相對的需求，必須正視。（二三頁）

「預料之外的成功不只是創新的機會，也有社會條件的需求。所謂『正視』，不就是經理的正直品格嗎？」

「嗯嗯嗯，的確是這樣……」

「而且杜拉克還這麼說——」

預料之外的成功，更應該因自身事業、技術與市場的定義而不同。能夠回答這些問題，這種成功的風險將會降低，且最能帶來創新的機會。（二〇頁）

「雖然洋子剛才說『風險太大了』，杜拉克的想法正好相反。一般人認為創新伴隨著很大的風險，但杜拉克說不是這樣。他說在應該進行創新的領域不去創新，才是最危險的。」

創新必然會出現在有重大利益的領域，也就是說，在已經有創新機會的領域，停止重新分配資源才是最危險的。從邏輯來看，企業家精神的風險最小。我們身邊不乏對於「企業家精神的風險」此一概念，有著錯誤認知的企業或組織。（五頁）

聽到這段話，五月說：

「的確，在開頭『善於變化者』的段落，他也寫了這樣的話——」

所謂企業家，就是將秩序破壞、解體的人。熊彼得曾說，企業家的職責是「創造性破壞」。（四頁）

「這麼說來，將棒球隊定義成『學習管理的組織』說不定是對的，因為這正是『將秩序破壞、解體』。對於高中棒球一百年的歷史與傳統，『有創造性地』進行『破壞』。」

真實接著說：「雖然沒有直接關聯，不過當我想到把棒球隊定義為『為學習管理而設立的組織』時，也同時想起杜拉克提倡的『民營化』。」

「民營化?所謂民營化，是不是就像電電公社[1]變成ＮＴＴ，國鐵變成ＪＲ?」洋子問。

對於她的問題，真實回答：「嗯，『民營化』其實是杜拉克創的名詞喔——」

> 民營化，是我在《不連續的時代》(*The Age of Discontinuity*, 1969）提出的專有名詞。（一二三頁）

「關於民營化，杜拉克是這樣說的——」

> 對我們來說，組織必須是利於資本形成的事業，也就是能帶來利潤的事業；沒有餘裕讓它們成為消耗資本的事業、不以營利為導向的事業。（一六四～一六五頁）

「這是什麼意思?」

「嗯。不論ＮＴＴ或國鐵，在民營化之前，都是靠國民繳納的稅金來營運，也就是不以營利為導向的經營型態。但是杜拉克認為，明明是可以獲利的事業，卻不以營利為導向，實在很浪費。我們的社會沒有這樣的餘裕。」

「的確，像電話事業或鐵路事業，本身就可以創造盈餘吧。」

聽到洋子這麼說，真實點頭繼續說：「我認為這或許也適用於高中社團。」

「怎麼說？」

「高中社團，一直以來都是由老師或學校，地區或日本高等學校棒球聯盟這些大人們管理、運作的，對吧？也就是由大人管理的組織。」

「嗯。的確。」

「我覺得這樣『很浪費』。」

「喔？」

「因為好不容易讓高中生有機會體驗管理，卻把決定權交給大人，我們應該也沒有這樣的餘裕吧。也就是說，棒球隊也可以民營化。」

「讓棒球隊民營化！聽起來很有趣，」公平說：「讓學生們自己管理，這就是民營化。」

---

1 日本電信電話公社的簡稱。

洋子聽了，想了一會兒後回答：「我明白了，這就是所謂的『學習管理』。」

「什麼意思？」

聽到公平這麼問，洋子忽然露出神祕的笑容說：「管理不能以玩玩的心態去做，我很明白，也有心理準備學管理恐怕會很辛苦，但我沒想到能這麼深入。」

她深吸了一口氣，繼續說：「一想到要學管理，我就很焦慮，不安、心跳加快，還冒冷汗——」

她又停頓了一下，接著說：「不過，很好玩，令人期待！這就是我想要的。」

五月接著說：「啊，妳好狡猾！一個人體驗著青春的滋味。」

大家都笑了。

不過，有一個人沒笑，就是小夢，似乎只有小夢隱約感到不安。

一開始她只是以輕鬆的心情，說要當棒球隊的經理。在她的想像中，只是像普通的棒球隊經理一樣，做些把球擦乾淨、整理球具之類的瑣事，頂多像《如果杜拉克》的情節，協助棒球隊的經營罷了。

可是，這支棒球隊的主角不是球員而是經理。這麼一來，就算別人覺得瘋狂，由於這是創新的機會，還是非認真參與不可。

小夢其實不明白，這麼認真到底有什麼意義。只要能跟以往一樣，她就很開心，也很滿足。

小夢只要跟真實一起愉快地度過每一天就好，並不多要求什麼，所以她不期待變化。

對自己那麼重要的真實渴望著變化，但小夢只想跟隨她而已。

這種矛盾，把小夢的心拉扯得四分五裂，深深感到不安。

小夢不敢把這感覺告訴其他人，怕說出來會讓好不容易高昂的氣氛冷卻。

所以小夢將疑慮埋在心中。只是，這樣更加重了她的不安。

◉第三話

日本第一的球場

9

幾天後，私立淺川學園的新任教師北條文乃匆匆走過校舍走廊，準備參加棒球隊的會議。

昨天球隊經理兒玉真實問她：

「老師如果有時間的話，明天可不可以出席我們的會議？」

文乃老師聽了，說：「咦？喔……是。好。」當場答應了。

新上任的老師要做的事很多，一邊摸索工作方法，一邊花時間掌握要領。最費力的當然是教學本身。此外，還要跟老師、學生們建立關係，這也是非常辛苦、會佔用掉很多時間的事。

但就算必須暫時把這些工作擱下，文乃還是想參加棒球隊的會議，因為這是她想當老師的原因。

高中二年級時，文乃以球隊經理的身分去了甲子園。那是印象深刻的體驗，也大幅改變她的人生觀。

當時的她，看到管理的力量可以改變組織，催生出巨大的轉變。文乃深受這樣的變化吸引，她從來沒體會過這麼有趣的事。

從此文乃對管理愈來愈著迷。於是當三年級學長姐畢業，自己成為高年級生時，她擔任了總經理。

但她遇到很大的困難。跟之前的狀況不同，這時無論怎麼做都看不到成效。

文乃的管理方式跟之前並沒有太大差異，一樣是以杜拉克所說「人是最大的資產」為基礎，讓隊員發揮潛力。管理著重於讓人發揮優點，並自始至終保持正直。

但就是看不到具體的成果。沒有成果，士氣就無法提升，棒球隊再度變得死氣沉沉，後來，開始有隊員無故不來練球。

這麼一來，認真與怠惰的隊員間出現鴻溝。文乃忙著居中協調，讓起爭執的隊員和好，平撫大家的心情，這花去她相當多心力，漸漸疏於行銷、創新等經理原本的工作。

這樣的結果也反映在球賽上。到了夏季地區預賽時，程久保高校雖然是去年度的冠軍，卻在初賽就落敗。

因此，文乃的心彷彿破了一個洞。

「為什麼去年管理的成效那麼明顯，今年卻不行？」

這件事在她內心留下疑問。

於是，文乃在考試過後，只要有時間，就回顧打進甲子園時的管理歷程。而且，既然要徹底回顧，索性也訪問相關人士。

訪查、分析之後，她把結果整理成文字。這時，她思考著什麼形式最適合，最後寫成一部小說。

在偶然的機緣下，一位名叫加藤貞顯的出版社編輯看了她的原稿，將之出版成書，而且迅速暢銷，成為話題，這本書就是《如果杜拉克》。

這又為文乃的人生帶來了一些變化，除此之外，寫《如果杜拉克》還讓文乃有所領悟──

球隊能表現優異，不只是管理奏效，還有一個不能忽略的重要因素就是「成長」。由文乃的學姐──川島南擔任程高棒球隊經理的那一年間，球隊的每個成員都克服了自己的某些弱點，脫胎換骨。

例如總教練加地誠，他本來不願意與學生真誠地互動，始終保持距離。

小南沒有要求他修正態度，只是看在眼裡，一面維持平和，一面居中協調，甚至上演一齣激將法大戲。

因為這樣，意料之外的事發生了。總教練加地被小南的用意所驅使，跨出了克服自身弱點的那一步，鼓起勇氣面對球員們。

投手淺野慶一郎也很有進步。他原本心高氣傲，不擅長控制情緒。

小南沒有制止他，而是在了解到這是他的弱點後，運用團隊的力量截長補短。慶一郎漸漸突破心房，願意面對自己的問題，終於在某個時機點，蛻變成有耐力的人，從此比其他人更努力練習。球隊能勝，他貢獻很大。

不用說，文乃自己的成長比任何人都多。她原本不擅長跟人說話，而且有動不動就逃避的壞習慣。

文乃非常清楚自己的問題，也很討厭這樣的自己。但她一直維持原狀，拿「這是我的個性」當藉口，持續逃避。

最後，終於出現了讓她超越自己的事，雖然還是忐忑，但總算敢跟人說話了，她再也不想當個遇到狀況就逃跑的人。

文乃沉思：「我為什麼能戰勝自己的缺點？」

這時，她想起使自己改變的那個人——川島南，是她讓自己產生克服缺點的行動力。

川島南這個人，目光從不放在他人的缺點上，只會盡力解決問題。這樣的特質正符合杜拉克所說「經理人不可欠缺的資質」中「正直的品格」。

察覺到這一點的文乃覺得內疚，對無法克服軟弱，也無法對球隊有所貢獻的自己感到無地自容。

終於，她再也受不了，下定決心要改變。

文乃能自發地克服缺點，正是因為川島南這種「發揮強項的管理方式」，造就了每個成員「克服缺點的機會」。

檢討之後，文乃發現這是自己在管理上不足的地方。文乃跟小南一樣，不會挑剔隊員的缺點，但卻沒辦法提供他們克服缺點的契機，所以球隊無法成長。

發現這點之後，「成長」成為文乃心中重要的主題。「人要怎樣才會成長？」或是「人要怎樣才會克服困難？」成為她最關注的焦點。

也因此，她決定當老師。「人為什麼會成長？」對文乃而言至今仍是謎。不只這樣，杜拉克的任何一本著作，她都無法完全讀懂。

杜拉克在著作中也對教育留下許多洞見。自我管理或終身學習都是他畢生投入的領域，寫了許多精采的文章。

但是，如何讓未成熟的人克服自己的弱點，在杜拉克的著作中還找不到適當的解答。

文乃為了找出答案而當老師，這是她來淺川學園教書的原因。文乃希望自己當經理時無法解決的問題，能透過教學找到答案。

所以不論多忙，她都會以棒球隊的事優先。因此真實一邀她出席會議，她立刻就答應了。

10

文乃來到棒球隊舉行會議的小教室，位在校舍一樓西側。她走進教室時，六位經理已經在開會。文乃選了最後面的位子坐下，避免干擾他們討論，同時聆聽他們的發言。

文乃昨天聽到真實說：「我們想讓棒球隊民營化。」

「民營化？」

「嗯，想讓棒球隊變成『為學習管理而設立的組織』。」

聽到這句話，文乃有些吃驚，隨即覺得有意思。

這名叫做兒玉真實的學生，有著很獨特的思考能力，能讓杜拉克的理念落實在現實生活中，立刻「具象化」。

杜拉克的《管理》有些抽象的部分，要活用理論就必須具象化。

文乃常把這個過程比喻成「把乾貨泡水還原」。杜拉克的理論就像乾貨一樣，除去了多餘的部分，只留下最重要的菁華，因此不能直接放入口中嚼，必須先熬煮軟化。

真實很擅長將杜拉克的話具象化，就像把乾貨煮軟變得容易入口一樣。這個特質跟帶領程高棒球隊打進甲子園的小南相同。

因此文乃打算先支持真實等人的做法，這也是文乃擔任棒球隊指導老師時，給自己訂的目標之一。

那也是小南最拿手的事。文乃還在讀高二時，小南就以「守護」棒球隊員的方式進行管理，既不指定方向，也幾乎沒有具體的指示。

這樣的做法成效很好，文乃此刻也想沿用這個方式。

文乃仔細聆聽，淺川學園的棒球隊經理們正在討論球隊的「事業」，明列今後要做的事。

聽到這裡，文乃也覺得有趣。

組織通常是先有「要推展的事業」，然後找人。但淺川學園棒球隊卻是先聚集經理人，才決定接下來要進行的事業。在事業之前先有人，跟一般的狀況相反。

像這樣的管理實例，文乃曾在一本書上讀到，那就是詹姆．柯林斯的《從A到A⁺》。

詹姆．柯林斯是位經營管理學家，與杜拉克熟識，可說是如同「杜拉克接班人」一般的人物。

他在《從A到A⁺》發表研究結果：「偉大的企業是先聚集人，才決定事業」。這樣的研究結果與現今普遍的觀念——先決定事業再召集人——相反，令許多人震驚。

不僅如此，柯林斯還提出更驚人的觀點：

在躍居為A⁺級企業時，人才並不是最重要的資產，「適當的人才」才是最重要的資產。（《從A到A⁺》日文版八一頁）

這段話，彷彿否定了杜拉克的名言：「人是最大的資產」。大學時讀到這段話的文乃非常震驚，尤其柯林斯與杜拉克熟識，這樣的論點更令人意外。

柯林斯主張，不適當的人會防礙組織發展。文乃雖然一方面同意這個說法（或許的確如此），但感情上實在難以理解。

這段話像拔不掉的刺一樣，一直留在文乃心上。所以這時，她看到真實等人「先決定人選再決定事業」的經營模式，立刻想起柯林斯的這段話。

文乃在會議告一段落時問：「為什麼你們在討論事業的經營？」

公平代表大家回答：「我們把這支球隊當成新創事業。」

「新創事業？」

「是。我們球隊大約創設在半世紀前，雖然曾打進在甲子園，但直到去年為止，長期處於停擺狀態，在這段期間徹底失去文化與傳承。所以我們認為，必須把球隊當成新創事業，也就是新組織來看待。」

「原來是這樣。」

「而且我們在《創新與企業家精神》的〈新創事業的管理〉這一章，發現這段話——」

新創事業有創意、有產品與服務，還有業績，有時候甚至有相當亮眼的業績；有明確的成本，可能也有收入和獲利。但不是已確立的事業，也不是永續經營的事業。是對於要進行什麼、會獲得什麼成果都還不確定的事業。（一六七頁）

「我們讀完這段話之後，意識到棒球隊不也是個『事業』嗎？所以我們先從確立事業這部分開始討論，想知道這將是什麼樣的事業。」

「嗯，真有意思。結果如何？你們決定了嗎？」

接著換真實回答：「有。雖然花了點時間，不過剛才已經決定了。」

「咦！好厲害。是什麼？」

「嗯——可以先從決定的過程說起嗎？」

「當然！」

「謝謝老師。」真實微笑著，開始說明：

「我們首先注意到《創新與企業家精神》的這個段落——」

新創事業要成功有四個原則：第一是聚焦市場。第二是財務預估，尤其是針對現金流與資金訂立計畫。第三是遠在實際上需要之前，預先成立高階管理團隊。第四是創立新事業的企業家要決定自己的角色、責任、定位。（一六八頁）

「這是第十五章〈新創事業的管理〉的部分內容，其中第四個原則：『創立新事業的企業家要決定自己的角色、責任、定位』引起我們的注意。」

「喔……為什麼？」

「我們想：在這一章，杜拉克花了相當篇幅說明新創事業中『創業者的角色』，為什麼？」

「嗯，原因是什麼？」

「因為隨著成長，新創事業的管理方法也必須跟著改變，如果不一開始做好準備，就會錯過時機。這是杜拉克的主張。」

「的確。」文乃說：「第三個原則『遠在實際上需要之前，預先成立高階管理團隊』也呼應這一點。對新創事業來說，成長不可或缺，所以如何因應變化就成為管理的關鍵——杜拉克是這麼想的。」

「是的。」真實微笑著，繼續說：「所以我想，我們很適合來當棒球隊的經理。」

「怎麼說？」

「因為我們的棒球隊，必須以非常特殊的方式來進行管理。這跟新創事業的管理完全相同。」

「與新創事業的管理完全相同……是指因應變化很重要嗎？」

「就是這樣！不愧是文乃老師。」真實笑得很燦爛，說：「棒球隊的成員待三年就必須畢業，為了因應這個特殊狀況，球隊的管理需要經常『適應變化』，以及『預做準備』。」

「原來如此，真的呢！」文乃佩服地點頭，她忽然注意到一件事。

自己在高三時欠缺的或許就是這部分，無法順應變化與做好準備。

文乃高中二年級時，夏季大會一結束，包括小南在內，所有上一屆的學生都離開了棒球隊，她才首次體認到這件事，但是她完全沒有做好應變的準備。

學長姐畢業時，她才慌慌張張地接下球隊的經營工作，來不及預做準備。也就是說，文乃等人犯的錯，正是杜拉克提出的警告。

這麼一想，文乃很吃驚。她雖然讀過《創新與企業家精神》，卻沒有發覺這一點。

但真實才剛接下管理就察覺了，而且著手準備。

實際上，在《創新與企業家精神》裡這樣寫著：

> 檢視自己擅長與不擅長什麼，可看出新創事業成功的徵兆，因此是想創業的企業家必須思考的問題。不過，應該在更早之前就先想清楚，甚至在創業之前就先評估。（一八七頁）

正如這段話所說，真實在「開始創新之前」，就在準備面對變化了。

因此文乃非常佩服，說：「好厲害！竟然能發現這些。」

真實聽了若無其事地回答：「不，我沒有『發現』什麼，這些都寫在書裡，我們只是『讀了』這段文字。」

她邊說邊拿起手上的《創新與企業家精神》給文乃看。

文乃被一劍擊中似的，說：「咦？喔，是……原來如此。」

11

她狼狽的樣子有點滑稽，學生們看了都竊笑起來。

文乃已經習慣了這樣的場面，不為所動地繼續問真實：

「那麼，究竟是什麼樣的事業，不是決定了嗎？我還沒聽到呢。」

於是洋子舉起手來。

「啊，那由我來說明。」

「好。」

「棒球隊是『確保人才』的事業。」

「確保人才？」

「是的。棒球隊這個組織，有著特殊的限制——成員在三年後就會畢業，必須一直補充新成員，這就是所謂的『確保人才』。我們認為這是棒球隊的重要事業之一。」

「還有一點。」公平繼續補充：

「杜拉克所說『新創事業成功的四個原則』的第二個原則是『對現金流與資金訂立計畫』，對我們高中棒球隊來說，金錢雖然也需要，卻不是那麼重要。那麼，就像營利企業需要金錢，對我們來說同樣重要的是什麼？我們思考這件事，得到的結論是：人才。棒球隊如果沒有隊員就無法成立，因此我們試著將『現金流與資金』替換成『人才』，結果完全符合。也就是『對棒球隊來說，人才的培育計畫很重要』。」

「一開始，」真實繼續補充：「我們就聊過確保人才的事了，因為棒球隊目前只有我們幾個經理，球員一個也沒有，接下來必須招募球員。對我們來說，『確保人才』是具有多重意義的重要事業。」

聽到這段話，文乃下意識地叫了出來：「有意思！」

「咦？」真實被文乃的音量嚇了一跳，有點被氣勢壓倒的樣子。但文乃無視於她的反應，繼續說：「這就是所謂的『創意』呀！」

「是創意……嗎？」

「嗯，任天堂遊戲設計師宮本茂，創作過許多名作，他對創意的定義是『將多種問題一次解決』，也就是要能夠『一石二鳥』。」

「原來如此。」

「例如任天堂運用發明已久的液晶開發『Game & Watch』掌上型遊戲機，不但價格便宜，故障率也低，這就是所謂的一石二鳥。當然還包括任天堂的開發者橫井軍平提倡的『成熟技術的水平思考』，這個創意讓『Game & Watch』大暢銷，帶動了電動玩具的創新。」

「咦！」

「所以說，棒球隊將事業訂定為『確保人才』，有三個原因：一是因應變化及做好準備，二是制訂關於人才的計畫，三是招募到球員；可說是一石三鳥呢。就這層意義來說，我認為這是很棒的創意。」

聽到這些，球隊經理們都鬆了一口氣。他們對於這究竟能不能算是一種事業，多少還是覺得不安，現在得到文乃認可，加強了他們的決心。

於是從這一天開始，淺川學園棒球隊從「確保人才」這項事業開始，展開棒球隊的經營。

接下來討論棒球隊要怎麼做，才能確保人才，先從一直沒有找出答案的「如何招募到球員」開始。

因為棒球隊在這時候已經有六位經理，球員卻一個都沒有。

幾位經理從杜拉克的《創新與企業家精神》裡找方法。因為新創事業成功的四個原則中，第一個是「聚焦市場」，於是從這裡討論起。

「聚焦市場」是指從顧客的需求出發。經理們先擱下招募球員的「方法」，轉而思考「顧客的需求」，也就是打棒球的國中生想加入什麼樣的棒球隊。只要搞懂這一點，方法就會清楚了。

為此，他們討論「打棒球的國中生想進什麼樣的高中？」答案呼之欲出，這個答案太簡單，幾乎都不用想。

那就是：能在甲子園出賽的學校。

幾乎所有棒球少年都嚮往甲子園，所以能夠打進甲子園的高中，就會有許多愛打棒球的國中生想入學。

回顧淺川學園的歷史，曾有過這樣的策略。半世紀前創校時，校方把強化棒球隊列為爭取學生的重要方針。只要棒球隊能打進甲子園，就是招收新生最好的宣傳。因此會招募名教練與有前途的球員，加強棒球隊的實力。

當時的確奏效，打進了甲子園，也成功招收到更多學生。

棒球隊不能上軌道，是因為沒有持續優異的表現。後來沒有再打進甲子園，無法發揮影響力，甚至陷入惡性循環，最終停擺。

因此淺川學園的六位經理，將「打進甲子園」訂為棒球隊的目標。又為了不重蹈覆轍，增加了一個目標是「持續打進甲子園」。

乍聽之下，這根本是遙不可及的夢想。畢竟連一名球員都沒有，不但要打進甲子園，還要持續獲勝。

但是淺川學園的經理們並不覺得遙不可及。因為這不是憑空生出的理想或期望，而是觀察變化與聚焦市場之後的分析結果。

棒球隊的經理們，之前已經經歷過類似的情況。他們將棒球隊定義成「為學習管理而設立的組織」時，乍聽之下很冒險，但是實際上不做這個決定會有更大的風險。

因為體認到這一點，他們確立了這個目標。接著討論「怎樣才能打進甲子園？

而且持續有好成績？」

這裡出現三個議題：

一、如何聚集棒球好手？

二、選誰擔任總教練？

三、如何整頓包括球場在內的環境？

第一個議題，為了在甲子園參賽，需要不只一位，而是多位優秀的棒球隊員。吸納沒有打過棒球，或是雖然有經驗但打得不好的球員，會讓球隊打進甲子園成為遙不可及的夢。實際思考就能夠明白，只有匯集有實力的球員，這個目標才會實現。

因此接下來討論：如何讓優秀的棒球隊員願意入學，加入停擺四分之一世紀的淺川學園棒球隊？

大家的意見大致分為兩種。一是要有「優秀的指導者」，另一個是要整頓出「理想的環境」。

這些都是淺川學園在半世紀前採用的方法。即使是從未在甲子園出場的新學校，只要有優秀的指導者、良好的環境，就能吸引棒球好手入學。

於是經理們接著討論「怎樣讓優秀的指導者成為棒球隊的總教練？」，以及「如何塑造出良好的環境？」

此時困難出現了：這些議題光憑高中生的力量，無法立即解決。

教練的人事權由學校決定；整頓球場及整體環境需要資金，也要學校同意。這些都無法以學生的權限輕易推動。

以前，這些都由校方負責。不過現在棒球隊正在民營化，得靠學生的力量來推動，這些事的困難度橫在經理團隊面前。

12

幾天後，小夢像往常一樣望著教室的窗外，這一天外面下著春雨。

但是小夢並不像平常一樣發呆，反而內心像有狂風掃過。一邊想：這下麻煩了……一邊以緊張的表情凝視著窗外的花壇。

她決定走出教室。在學校玄關的鞋櫃區換上鞋子，走到教室旁的花壇。那裡種著許多繡球花，正開始綻放。

小夢看著繡球花，等著某個人。

棒球隊的管理會議停頓在「如何擁有優秀的教練與環境？」後，真實建議大家先討論其他議題。

於是接著討論「如何設立高階管理團隊？」根據的是杜拉克「新創事業成功的四個原則」中的第三個：「遠在實際上需要之前，預先成立高階管理團隊」這個原則。

這個議題進行得比較順利。他們很快決定，高階管理團隊由現在的六位經理組成。

然後要決定每個人負責的職務，根據的是杜拉克所說「檢視自己擅長與不擅長什麼，可看出新創事業成功的徵兆，所以是想創業的企業家必須思考的問題」。

先從每位經理「擅長與不擅長什麼」討論起，再決定職務分配。

首先，由重建棒球隊的公平擔任領導人。

為了讓真實發揮交涉能力，由她對外聯繫。

洋子喜歡思考新點子，擔任企畫。

五月因為「想體會熱血的青春」而加入球隊經理，就負責現場與實務。最後加入的木內智明，是唯一懂棒球的人，負責思考經營策略。最後只剩下小夢了。會議到這裡開始擱淺，小夢到底要負責什麼，始終無法決定。

「小夢喜歡或擅長什麼？」

即使擔任領導人的公平這麼問，小夢仍不知道該如何回答。「說到喜歡的，只有好朋友真實，還有望著教室窗外，沒有特別擅長什麼……」不過她想，這些話還是別說出來比較好。

大夥在苦思的時候，真實忽然說：

「要不要讓小夢負責人事？」

「咦？」小夢驚訝地看著真實的臉，慌張地問：「人事，是做什麼？」

「這個嘛……」真實很快地想了一下，回答：「人事就是決定誰做什麼工作，判斷工作內容適不適合這個人。好比說我們現在雖然決定了各自的職務，但是判斷這樣的分工是不是正確，甚至再調整，都是人事的工作。」

聽到這些，小夢睜大眼睛說：「這麼重要的職務，我做不來耶！」

「會嗎？」真實邊想邊說：「我覺得小夢適合呢。」

洋子也接著說：「我也贊成！小夢應該很合適。」

其他成員也異口同聲地表示贊成。意外地，除了她自己以外，每個人都同意。

但小夢還是難以接受，低頭喃喃地說：「可是……」

真實接著說：「妳要不要試著這麼想？」

「嗯？」

「『人事』聽起來雖然嚴肅，但簡單說也就是『創造充實感』喔。」

「創造充實感？」

「嗯。小夢之前不是說，為了想創造充實感，所以來當球隊經理嗎？」

「咦？喔，是……」

「創造充實感，我想就應該由這樣的人來實現。正因為很了解對充實感的渴望，才能設身處地為成員著想。」

大家紛紛點頭，表示「正是這樣」。

真實進一步做出總結：

「也就是說，『為大家創造充實感，就是小夢自己的充實感所在』。」

「創造充實感是我的充實感所在……」

這句話，讓小夢又一次感受到內心彷彿被火光點燃的熱度。雖然仍會不安，但接受這份職務的意願卻迅速增強。

小夢也再次體認到，真實對自己來說多有分量，她的一句話就可以讓自己變積極。這個發現讓她非常吃驚。

她希望自己有一天也能像真實一樣，說出的話能鼓勵人，這成為她的新目標。於是她接受了這項任務。

這一天的會議到此為止。至於教練或球隊環境應該怎麼辦，就留給大家各自去想，下次繼續討論。

下一次會議時，負責企畫的洋子提議：「有件事，之前我就注意到了。」

「什麼？」擔任主席的真實詢問。

「之前文乃老師不是提到創意嗎？將多個問題一次解決，一石二鳥就是創意。」

「嗯。」

「這麼說的話，『球場的整頓』不就是創意嗎？」

「怎麼說？」

「我們說過必須先整頓球場，卻一直沒有進行。」

「是呀。繼續讓球場長草也讓人看不下去，難得有這座球場，不好好利用很可惜。」

「還有，之前討論『為了吸引優秀的球員，必須有良好的環境』，我們所說的環境，不就是指球場嗎？」

「的確！球場完善，就跟『環境良好』幾乎是同樣的意思。」

「所以『整頓球場』等於是一石二鳥，不就變成創意了嗎？」

「原來如此！」

對於洋子的話，大家不約而同地拍起手來。

洋子等掌聲結束後，繼續說：「但不只是這樣喔。」

「嗯？」

「球場要怎麼整頓，隨著方法不同，跟『創新』也有關係。」

「什麼意思？」

「在《創新與企業家精神》中，關於『創新的原則』，杜拉克提出以下五點。」

一、執行創新必須從分析機會開始。
二、創新是在分析理論的同時，也強化認知。
三、為了創新成功，必須聚焦在單純的目標。
四、為了創新成功，必須先從小規模開始。
五、想要創新成功，必須一開始就躍居第一。

「這是在……第十一章。」

「嗯，我想關於球場的整頓，或許可以依照這個原則。」

「喔。」

「首先，我們從『分析機會』來進行『整頓球場』這項任務。」

「嗯。」

「第二，光是『邏輯的分析』還不算是『認知』，因為只用頭腦思考，沒有行動。所以接下來必須付諸行動，也就是我們應該實際試著整頓球場看看。」

「原來如此。」真實說：「很多事如果不去做做看，根本不曉得會怎樣。」

「就是這樣。整頓球場，正是檢驗我們的創新是否正確的絕佳機會。」

「的確！」

「接下來是第三。杜拉克說『必須聚焦在單純的目標』。所以我想，我們或許應該先集中心力在整頓球場這件事上，用這個方式『聚焦在單純的目標』，說不定很重要。」

「嗯。」

「然後是第四點，『必須先從小規模開始』。這樣萬一失敗，也不會受到重挫……應該是這個意思吧。我想整頓球場還是最適合的。因為不管野草長得多茂密，除這些草總不會花一兩年的時間吧？就算失敗，也可以立刻修正。以這個意義來說，『從小規模開始』的確很合適。」

「原來如此。」

「還有第五點『必須一開始就躍居第一』，我認為這是重點。」

「為什麼？」

「杜拉克說，創新的發生『必須一開始就躍居第一』，換句話說，如果我們想整頓那座天空球場，從一開始就要計畫讓它成為日本第一的球場！」

「咦?!」

最後，洋子的『創意』獲得大家一致通過。

棒球隊經理們為了開展事業，先聚焦在球場的整頓，讓學校球場成為日本第一的棒球場。

◉ 第四話

說服的技巧

13

要讓天空球場成為日本第一的棒球場，應該怎麼做呢？

在討論時，智明提出這樣的意見：

「既然要動手，要不要試著種花？」

「為什麼？」擔任主席的真實問。

「在美國，棒球場叫做 ballpark。換句話說，不是棒球『場』，而是棒球『公園』，難得有天空球場，我希望可以讓它像公園一樣。」

「原來如此。說到公園應該要有花……很有趣耶，小夢。」

「啊，什麼？」

忽然聽到有人叫自己的名字，小夢嚇了一跳。

「既然人事是妳負責，就由妳去找懂花的人吧？」

「懂花的人？是指去找景觀設計公司嗎？」

「不是，希望妳從學校的學生裡找。」

「從學生裡找？」

「嗯。其實昨天我查過了，關於如何招募擅長打棒球的國中生，結果……」真實朝向大家說：「我發現現在要招募球員，真的相當困難。」

「妳說的困難是指？」

聽到五月這麼問，真實回答：

「現在有各式各樣的規定，不能直接邀請國中生加入，甚至不能跟他們接觸。而且特待生制度也有很多限制。」

「這樣嗎？包括我們學校在內，以前大家不都公開招攬球員嗎？」

「正是因為這樣而發生了各種問題吧。所以，我們現在想要『確保人才』，就只能針對已經進入淺川學園的學生了。要招募擅長打棒球的國中生，恐怕不得不迂迴一點。」

「原來如此。」

「所以，」真實朝著小夢說：「如果要在球場種花，最好能找到懂園藝的人協助，不過最好是從淺川學園的學生裡去找。進一步說，可以從這所學校八百多位學生了解起，他們喜歡什麼、擅長什麼，周遭的人如何評價他們等等。這些資訊對於以後我們『確保人才』的事業，我想會很重要。」

於是小夢開始尋找「懂園藝的人」。這件事不太費力，因為她心裡已經有人選了。

這個人的名字叫松葉楓，是淺川學園二年級的學生。

小夢經常從教室窗戶看到她，所以知道這個人。楓常去整理小夢教室旁的花壇，因而出現在小夢的視線裡。所以當真實委託小夢「去找懂園藝的人」時，她立刻就想到楓。

但目前為止她還沒有跟楓說過話，只知道她是二年級生，她的班級、姓名都不曉得。

因此，要跟楓接觸，就得在花旁等待，等楓來了再去跟她攀談。她想這是最快的方法。

於是這一天，小夢在花壇前等著楓出現。

花壇裡種著許多繡球花。正盛開著，在小夢的眼中，這些沾上雨露的花看起來生意盎然。

聽到背後傳來的聲音：「妳喜歡繡球花嗎？」

小夢嚇得差點跳起來。她慌張地回頭看，發現楓站在那裡。

「咦？喔，是！」小夢不自覺地像文乃老師一樣回答。

楓盯著小夢的臉，說：「我認得妳喔。」

「咦？」

「妳是一年級生吧？」

「啊，是！我是！我叫岡野夢。」

「妳老是從那邊的窗戶看著這邊。」楓指著小夢的教室。

「啊……妳發現了？」

「是呀，我注意到了，妳總是盯著這邊看……」

「嗯？」

「妳難道是……」

「？」

「來問我種花的方法，是不是？」

「咦！」因為完全被說中，小夢很驚訝地問：「妳為什麼會知道？」

「因為常有人問呀，說『請教教我』。」

「這樣啊！啊，不過這是當然的，因為花長得這麼漂亮。」

「是嗎？謝謝。」

小夢看到楓因為被稱讚，表情變得柔和起來，覺得是個機會，便繼續說：

「大自然真的很美呢！」

來這裡之前，小夢擬訂了名為「如何說服楓」的作戰計畫。她之前與真實討論過方法。

在討論中，真實對小夢說：

「棒球隊經營的關鍵之一是『說服』喔。棒球隊的事業既然是『確保人才』，就必須持續邀請新成員加入，所以少不了要說服別人。」

因此小夢與真實重新討論「什麼是說服？」同樣也參考了杜拉克的《創新與企業家精神》。

在這本書中，杜拉克這樣寫著：

比什麼都重要的是企業家的經營策略。若能從顧客端去思考效用與價格，從顧客特有的狀況與價值著手，成功的機率會明顯提高。（二四三頁）

所謂「從顧客開始」，可說是管理基本中的基本。在討論如何爭取擅長打棒球的國中生加入時，她們已經充分了解這一點。

所以小夢與真實這時候也從顧客角度出發，先找出說服對方的「效用與價格」，以及「特有的狀況與價值」。

真實直接切入主題：「『說服』跟『委託』不一樣喔。」

「怎麼說？」

聽到小夢這麼問，真實回答：

「『說服』是告訴對方會有什麼好處，讓對方知道『你會獲得這些』而接受自己的提議，跟拜託、請求不同。所以字面上寫成『說服』。」

「真的耶，厲害！」小夢佩服地說：「竟然注意到這一點。」

「嗯，其實這是文乃老師說的。」

「原來……但的確是這樣呢。」

「所以，如果需要懂園藝的人幫忙，就必須先思考幫這個忙對這個人有什麼好處，再向對方說明。」

因此兩人想了很久，對懂園藝的人而言，怎樣算「好處」。

但始終想不出答案。

所以她們去請教文乃老師，覺得文乃老師應該能提供答案，或某種啟發。

文乃告訴她們很有意思的事，那就是「指導」的效用。文乃說：

「所謂『指導』，在很多情況下，對指導者來說本身就是一種收穫。」

文乃告訴她們，別人對自己關心的事感興趣，會感到高興；對方認真聆聽自己的話，也會令人愉快。

尤其是被拜託解說喜歡的事物，更會帶來莫大的快樂。

「這就像是一種本能，」文乃解釋：「是人自然的反應，所以光是指導他人就會得到好處。」

關於這些，如果想知道得更詳細，可以參考《卡內基溝通與人際關係——如何贏取友誼與影響他人》這本書。

文乃告訴她們：「指導別人，意謂著自己也在學習。」

例如要懂園藝的人教別人花的常識，等於自己也重新複習。透過指導，自己也會成長。

杜拉克曾多次提到這個效用。他還是學生時，曾教同年級的學生數學，據說他自己的數學成績也進步了。

由於這樣的經驗，杜拉克一生都持續「指導」，也以終身學習為核心理念，持續「學習」。「指導」與「學習」是相等的。

文乃繼續說明，指導的第三個效用。

「之前我在電視上看到，有位球員不但自己在奧運贏得獎牌，所教的學生也獲得獎牌，接受採訪時，別人問他：『自己得獎與學生得獎，哪一個更令你高興？』他回答：『學生贏得勝利，比自己獲勝更讓我高興。』由此可見，學生的成長比自己的成長更令人喜悅。」

文乃輪流看著兩人，說出結論：

「所以，對別人的嗜好表示關注、提問，向這個人學習並成長，不就是讓他有收穫的方式嗎？」

小夢想付諸實行的同一天，跟楓講話的機會就出現了。

14

誇獎花很漂亮之後，小夢看到楓的表情變柔和了，便試著繼續說：

「大自然真的很美呢。」

這句話是為了引出楓的「指導」，希望楓告訴她大自然的美。

但小夢卻聽到意想不到的回答。

楓反問：「是嗎？」

「嗯？」

「妳覺得大自然真的美嗎？」

小夢很困惑，沒想到對方會這樣回答。

她不知道該如何應對。

「楓這麼問，一定是對大自然的美有所懷疑吧，我完全沒想到會這樣！喜歡花的人竟然不認為大自然是美麗的……」

小夢認為大自然很美。在楓出現前，她的確一直看著繡球花。

她覺得這時候還是不要刻意順著對方的話比較好，「如果說謊，會失去對方的信任。」她這麼想。

於是，小夢老實回答：「是，我認為大自然很美。」

楓說：「妳知道日本人提到美麗的大自然時，最常舉例的是什麼樣的景象嗎？」

「什麼樣的『景象』嗎？我想……」小夢想了一下，回答：「有山，有田，可以聽見日本樹鶯的啼聲……大概就像《漫畫日本民間故事》裡的景色吧？」

楓聽了露出驚訝的表情說：「沒錯，妳很清楚嘛。」

「真的嗎？好開心！」

「這樣的地方稱做『里山』，妳知道嗎，所謂里山，是經過人為整頓的。」

「咦？是這樣嗎？」

「沒錯。只有人類才會開墾田畝，山也是經過人類造林砍伐以後，才變成現在的景觀。最近整頓里山的人變少了，里山也漸漸荒蕪，有些人因此感嘆『失去美麗的大自然』，但這樣說很怪啊，因為這才是大自然原本的樣子。」

「啊……對耶。」

「也就是說，人對於原本的大自然並不覺得美。比起來，經過某種程度修整，帶點人工的自然才讓人覺得美。」

「真的是這樣耶！」

因為從來沒聽過這樣的論點，小夢打從心底嚇了一跳。她到目前為止，始終認為大自然很美，從來沒有懷疑過。

但楓卻說這是錯的，而且還繼續問：

「妳知道為什麼經過人為修整的東西，看起來比較美嗎？」

小夢依然誠實地回答：「我不曉得。」

「那是因為人討厭『渾沌』。人看到混亂的景象，本能地會感到不自在，直覺認為很髒。」

「是喔？」

「對啊，所以要終止渾沌，建立秩序，才會感覺到美，覺得喜歡。不但里山是這樣，就連這座花壇也是。」

「這也是嗎？」

「這座花壇裡有『秩序』，所以人會覺得美。」

聽到這些，小夢忽然覺得「里山」、「花壇」跟「管理」都很像。

管理也是為渾沌的人類社會建立秩序。人類無法在既有、自然的狀態下自在生存，必須藉由管理賦予秩序。井然有序的社會，讓人覺得美。

小夢試著將這些話告訴楓，楓以佩服的表情說：

「妳說了有意思的事呢。」

小夢覺得這是大好機會，於是對她說：

「其實我是棒球隊的經理。」

「喔……」

「最近我們要整頓球場，想在那裡種花。可以請教妳種植的方法嗎？」

楓回答：「不要。」

「咦？」

「為什麼一定要我幫忙？」

「因為……我們沒辦法做好，需要懂園藝的人加入。」

「沒必要啦，花這種東西，只要適當地種植就會長得好。」

「不，那還不行。」

「為什麼不行？」

「我們想讓那座球場變成日本第一。」

「日本第一？」

「是的！為了打造日本第一的棒球場，那裡種出來的花也要是日本最漂亮的。所以我們必須請懂園藝的人協助！」

「妳這個人呀！」聽到這些，楓很訝異，她湊近小夢的臉說：「妳是說要讓我栽培的花，躋進排名裡嗎？」

「咦？」

「妳知道〈世界上唯一的花〉這首歌嗎？」

「咦？喔，是……當然知道，SMAP唱的。」

「那首歌的歌詞不就是：花『原本就是最獨特的only one』，而且『不用計較』，『當不成NO.1也無妨』！」

「啊……」

「妳說想讓那些花成為日本第一，也就是『NO.1』囉？」

這下小夢完全說不出話來。她沒料到對方會這樣回答，一時之間不知道該說什麼。

小夢這時覺得說服完全失敗，心裡對真實與其他經理覺得非常抱歉。

「果然，像人事這種重責大任不適合我……」

她很愧疚，也很沮喪。

不過，隨即又發生了預料之外的事。剛才一臉訝異的楓，忽然笑著說：

「有意思！」

「啊？」

「既然要成為日本第一，那也沒辦法了。」

「沒辦法……是指？」

「沒辦法，只好幫忙了！」

「咦！」

於是從這天起，楓開始指導棒球場的整備。

楓的指導對棒球隊帶來很大的影響，這個轉折帶來了新的創新。

在楓的指導下，棒球隊正式開始整備球場。按照先前的決定，暫時將人力集中在這一塊，其他暫緩。

因此，他們明白了整頓球場——尤其是打造成日本第一棒球場的目標，不是那麼容易達成。這是一項非常困難的工作，有數不清的事要做，似乎怎麼準備都不夠，只靠棒球隊六名經理與楓，是忙不過來的。

為了讓楓長期擔任整備球場的負責人，他們請原本只提供指導的楓正式加入棒球隊，並讓另外六名學生成為棒球隊正式成員，讓他們專門負責球場的整備。

後來小夢發現這也是一項創新。因為目前為止，高校棒球隊除了球員以外，幾乎沒有其他成員。

職業棒球隊中，除了球員以外還有許多成員，包括球場整備人員，球具管理員、行政人員、專職營運與宣傳的人等，甚至，這些人佔多數。但高中棒球隊的成員都是球員，頂多加上幾名經理。擁有負責其他事務的成員，在過去一百年的歷史中幾乎沒有。

可是淺川學園在招募到球員之前，就已經有專職維護球場的正式成員加入。這也為經理們帶來新的視野。

那就是：隊員不一定是球員，甚至不是經理也沒關係。只要對組織的成果有貢獻，就算負責其他工作，能從棒球隊找到充實感，都可以算是隊員。

淺川學園棒球隊的經理們，就這樣意外地重新確認了「球員不是主角」的定義，也獲得了新的想法：棒球隊如果能為球員與經理以外的人提供充實感，那也很好。

15

包括楓在內，共有七名專門維護球場的隊員，稱為「七人整備隊」，也加入球隊。棒球隊的球場整備終於上了軌道。

只是，這過程花了兩個多月，時間已邁入七月，正式進入夏季。

這時經理們終於將注意力從整備球場轉移，開始著手下一個議題。

那就是「教練的選任」。淺川學園棒球隊應該委託誰來擔任教練，必須跟學校商議，但要先經過經理團隊討論。

他們的結論是：希望由現任棒球隊指導老師北條文乃兼任教練。

理由主要有三個：

第一：了解管理。

淺川學園棒球隊的定義是「學習管理的組織」，並且以「在高中棒球界引發創新」做為一大目標。

如果教練不明白這一點，運作就無法順利。例如要是來了一位守舊、堅持組織內必須貫徹高層指令的教練，就會像油水分離一樣合不來，所以教練最好懂管理——最好能熟悉杜拉克。

在這方面，文乃無可挑剔。畢竟她有參考杜拉克《管理》的實務經驗，還寫成《如果杜拉克》，成為暢銷書。就「理解管理」來說，沒有比她更適任的人。

第二：能為棒球隊的重要事業——確保人才——做出貢獻。

棒球隊當前的要務之一是找到好球員。想要以甲子園為目標，就必須持續讓擅長打棒球的國中生進入淺川學園。

在探討「如何讓有實力的球員加入停擺四分之一世紀的棒球隊？」時，得到的答案是準備「良好的環境」與「優秀的指導者」。

文乃會不會成為優秀的指導者是未知數，畢竟才當教師第一年，而且缺乏打棒球的經驗。

但她曾以經理的身分幫助球隊打進甲子園，足以證明她的經營管理能力，同時，身為《如果杜拉克》的作者，她也有一定的知名度。

說不定會有球員因為她的魅力而加入——球隊經理們這樣期待著。

當然也有風險，因為她缺少打棒球的經驗，而且是女性，可能帶來負面印象，但是經理們覺得這些都不成問題。

就像前面提到，淺川學園棒球隊的定義是「學習管理的組織」，加入的球員也必須一開始就明瞭這個原則，否則跟教練的選任一樣，會招致無謂的麻煩。

想讓大家明白這些，請文乃擔任教練最為合適。由文乃擔任教練，對棒球隊內外都會強烈傳達出「這支棒球隊重視管理」的訊息。

第三：文乃沒有球員經驗。

幾位經理認為，這本來是負面因素，卻反而帶來魅力。

淺川學園想在高校棒球界創新，為此他們想運用杜拉克稱為「創新的七個機會」中的第四個機會：「產業結構的變化」。

所謂「產業結構的變化」，是指業界的結構或權力關係發生大幅變化。例如引發高校棒球界「結構變化」的知名事件，就是一九七〇年代金屬球棒的登場。

這使高校棒球產生結構上的翻轉，從對投手有利的局面轉為對打者有利。受惠於金屬球棒，就算擊球時稍微有點偏，仍可順利擊中。

利用這個原理締造創新成果的是德島的池田高校。池田高校將一直以來高校棒球的主流「運用短打與跑壘得分」，迅速調整成「積極擊球，大量得分」，而在甲子園獲得冠軍。

淺川學園也想像他們一樣，利用「結構的變化」引發創新，為在甲子園登場打下基礎。

關於「產業結構的變化」，杜拉克這樣說：

> 結構的變化是給產業外的人例外的機會，但對業內人士來說，同樣的變化卻會帶來威脅。實施創新的外部人士不必承受風險，就能迅速發展出強大的勢力。（五四～五五頁）

進一步解釋，金屬球棒的登場，對一直以來擅長「運用短打與跑壘得分」的球隊是種「威脅」，因為那不適合自己熟悉的方式。出於抗拒，會很慢才適應，也就是所謂「創新的兩難」。

但是，池田高校並沒有那樣的傳統，也就是「置身在產業之外」，所以能很快完成轉型。

同樣的道理，文乃對棒球界就像「置身在產業之外」，畢竟她連打棒球的經驗都沒有。正因如此，她能夠「沒有風險，迅速擴張」，或許能避免「創新的兩難」。幾位經理這麼期待著。

因此，經理團隊的領導人公平、負責對外交涉的真實，以及負責人事的小夢三人去找文乃，央請她擔任總教練。

這項邀請是在教職員室旁的會客室提出。真實代表三人進行遊說，向文乃說明上述三個理由。

文乃邊寫摘要，邊認真聽她講話。當真實把話說完，她看著記下的重點好一會兒，彷彿在想什麼。

之後，她抬起頭對三人說：「嗯……很抱歉，我拒絕你們的邀請。」

三人都很驚訝。他們以為對管理相當了解的文乃會接受，就算沒有立刻答應，至少也會認同這樣的考量，願意再想一想。

結果與預期卻有相當大的落差，文乃直接拒絕了。文乃說：

「我覺得你們的想法很好。有『創意』，符合『為學習管理而成立的組織』的定義、追求創新，甚至打進甲子園的目標都很一致。」

「既然這樣，」真實難得以責備的口氣說：「為什麼不答應呢？」

文乃稍微有點狼狽，「咦？喔，是……」地想了一會兒說：「理由主要有三個——」

她開始說明。

第一個理由是，文乃沒有當總教練的意願，甚至可以說，她寧可當指導老師。

文乃會想當老師，就像前面提到的，是對「人為什麼會成長？」感興趣，想藉著投入教育，解開這個謎。

她也想再次挑戰高三沒有留下成果的管理實務，所以跟直接接觸球員們的總教練相比，她覺得稍微保持一點距離，當指導老師更好。

事實上，文乃對棒球的技術面，不論經驗或知識都不足。如果擔任教練，可以預期一定得忙著惡補這些。這麼一來，恐怕會荒廢最重要的、對教職的準備工作，也怕無法兼顧管理，因此，她認為應該避免擔任教練一職。

第二個理由，跟「管理能創造充實感」的想法有很大關係。文乃說：

「第二個理由是，我已經擁有充實感了。所以，總教練這個角色所代表的充實感，不是我需要的。要讓管理充分發揮功能，教練一職所能帶來的充實感，應該要給真正需要的人。」

接著，文乃對三位經理說：

「我的內心很充實。」

文乃從小就喜歡讀書，不擅長交朋友也強化了這個傾向。國中開始，她的成績一直維持在頂尖。所以，她的第一個充實感來源是「資優生」的角色。

上了高中以後，她厭倦於無法與他人親近，想要改變。她崇拜比自己大一屆的棒球隊經理、很受大家歡迎的宮田夕紀，因而也進了棒球隊。藉著跟夕紀學習，跟其他人建立友誼。

沒想到因此接觸到《管理》，甚至去了甲子園。過程中，文乃終於變得能跟別人說話，棒球隊給了她充實感。

而她以這些經驗寫下的《如果杜拉克》又成為暢銷書。她會到淺川學園當老師，也是《如果杜拉克》帶來的機會。書出版以後，一位高中校長來拜訪文乃，邀請她去學校任教，他就是淺川學園現任校長重森哲彥。

文乃一開始拒絕了這個提議。原因是：如果要回到校園當老師，她想在有棒球隊的高中任教，而淺川學園沒有棒球隊。

重森校長卻告訴她，淺川學園有支休眠中的棒球隊，如果由文乃指導，就能重新開始運作，並且答應在文乃赴任前就安排好球隊指導老師的職務。

設想得這麼周到，讓文乃沒有拒絕的理由，於是去淺川學園任教。這麼一來，教職又成為文乃充實感的新來源。

文乃已經擁有好多「充實感」，要是再加上教練職，恐怕會超出自己的能力。所以她覺得教練這個職務，應該讓給更需要的人——尤其是適合的人來擔任。

根據這些理由，文乃拒絕了總教練職務的邀約。她的話很有說服力，前來委託的三位經理不得不接受。也因此，會客室有好一段時間陷入沉默。大家都不知道該說什麼。

終於，小夢開口說：

「老師……」

「嗯？」

「妳拒絕的第三個理由是什麼？」

「咦？喔，是……對喔，我還沒說。」

小夢心想：其實根本不必多問，前兩個理由已經很清楚了，只是，現場的沉默讓人難受，所以試著改變氣氛。

但文乃卻說：「這是個好問題。」

小夢的臉上出現「?!」，彷彿心口不一被揭穿的表情。

文乃不受影響，繼續說：

「我拒絕的第三個理由是：在聽你們說話時，想到了適合的人選。老實說，我本來還沒有把這個人跟教練人選聯想在一起，是聽了你們的分析後，才想到他很合適。」

「怎樣合適？」

聽到真實的詢問，文乃回答：

「你們提出的三個邀請理由，這個人完全符合！」

她看著剛才記下的重點說：

「第一，這個人『對杜拉克的管理學有相當的理解』，所以跟你們一定合得來。第二，這個人也有一定的知名度，能夠吸引擅長打棒球的國中生。第三，這個人『棒球打得很差』，所以應該能以局外人的立場引發創新。」

「那到底是誰？」

對於真實的疑惑，文乃的答案是：

「我們在甲子園參賽時，程高的隊長——二階正義先生！」

16

第二天，文乃跟正義聯繫，約好放學後在高幡不動站附近的連鎖餐廳見面。

文乃打算當面邀請正義擔任球隊教練。高中棒球的教練，不一定必須是學校的老師。

與正義碰面前，文乃思考著要如何說服他。所謂「說服」，也就是讓對方知道對自己有什麼好處。文乃這樣告訴過前來詢問的真實。

她也以同樣的方式，反覆思考該如何說服正義，以及，擔任教練對正義會有什麼好處。

但她想不出來。不管怎麼說都不自然，缺乏說服力。

這時文乃想起一件事，是大學時文學課學到的「說服術」。

這個方法出現在十九世紀馬克．吐溫所寫的美國小說《湯姆歷險記》裡。書中那段「刷油漆」的插曲，主角湯姆展現的說服術實在高明。

某天姨媽為了懲罰惡作劇的湯姆，命令他刷油漆。他想到一個主意，刻意在朋友面前表現出刷油漆很開心的樣子。

結果，看到的朋友們覺得刷油漆好像很好玩，紛紛向湯姆表示自己也想幫忙。

但是湯姆以「波麗姨媽在處罰我，這樣會惹她生氣」為理由，禁止朋友們參與。朋友們因而更想嘗試，甚至拿出寶物來交換，爭取刷油漆的機會。

最後，湯姆不但不必自己刷油漆，還獲得額外的報酬。

這裡的「說服」有兩個重點，一是湯姆對於刷油漆「表現出很開心的樣子」，二是「禁止」別人參與。

人心是這樣的，聽到別人推薦或勸說，未必會真的想嘗試；但如果看到別人樂在其中，自己卻被禁止，反而躍躍欲試。

這叫「湯姆．沙耶刷油漆」法則，也可稱為說服別人的魔法技巧。

聽過這個故事後，文乃一直想找機會試試。這時想起來了，剛好用在正義身上試試看。

文乃比約定時間更早來到連鎖餐廳，等了一會兒，看到二階正義出現。

「嗨，讓妳久等了。」

正義這麼說的時候，表情跟高中時幾乎沒有差別，體貼溫柔又穩重。只是他穿著T恤跟牛仔褲，非常簡單，頭髮也有點亂，臉上還冒出鬍渣，跟以前整潔的印象不大一樣。

尤其他的體型跟以前不同，有肌肉，皮膚也曬黑了，一眼就看得出鍛鍊過。

「好久不見。」

「謝謝妳找我。」

正義比文乃年長一歲，這時卻還是大學生。高中畢業後，他重考一年進入本地大學，卻被留級，所以現在就讀三年級。

最近覺得大學的課大概就是那樣，所以不太去學校。正義說著自己的近況。

「唉，就像高等遊民一樣。」

「真的嗎？」

「啊，不……實際上也沒這麼高級。老實說接下來要怎麼辦，我也滿煩惱的。跟高中時一樣，我還是想展開某種事業，卻又覺得最近流行的學生創業家沒什麼意思。」

「我懂。」

「如果現在創業，難免會被認為是跟風，我不喜歡。雖然我可能不應該在意這種小事。另一方面，最近我變得很愛運動，用各種方法鍛鍊身體，在山裡跑步的越野跑就是其中一種。」

「所以變強壯了呢，看起來真的不一樣。」

「哎，這沒什麼啦，我覺得妳比較厲害吧。」

「咦？」

「寫出暢銷書就很驚人了，還當上高中老師，成為棒球隊的指導老師不是嗎？」

「咦？喔，是……。我一直想當老師。」

「這樣啊，但我一直覺得妳會成為作家。」

「我以後可能還是會繼續寫。」

「對喔，當了老師也可以繼續寫作。啊，對了，妳知道嗎？小南那傢伙去美國了。」

「我聽說了，好像是去念杜拉克學校。」

川島南是文乃的前輩，跟正義同一屆。她是程久保高校棒球隊的經理，就是她將杜拉克的理論引進棒球隊。

小南在高中畢業後想正式學習管理，進了大學的經營學系，之後又為了進一步學習杜拉克的理論，前往位於美國加州克萊蒙特的彼得．杜拉克管理研究所（正式名稱是「The Peter F. Drucker and Masatoshi Ito Graduate School of Management」），為了取得經營管理碩士學位而在那裡進修。

「小南好像一邊在那裡讀書，一邊在隔壁的杜拉克學會打工。那裡有為國中及高中生安排的課程，可以學習杜拉克的學說，她負責把這些訊息介紹給日本。」

「哇，小南已經完全沉浸在杜拉克的世界裡了。」

「超厲害的，」正義以欽佩的表情點頭。「程高的女子經理都很優秀呢，小南跟妳都是，真佩服妳們。」

「咦？喔，是，謝謝誇獎……」

這時正義彷彿想起什麼似的，問：

「對了，妳要找我聊什麼？我好像沒有什麼幫得上文乃的地方吧？」

「咦？喔，是……呃，這件事還不要告訴別人喔。」

「嗯。」

「其實我不但要擔任棒球隊的指導老師，還被委託當總教練……」

「咦！」

文乃將受託當總教練的事告訴正義，但沒有說是經理們的邀請，講得有點含糊，感覺像是學校的委託，最後還加上一句：

「所以，我覺得很困擾。」

「嗯？為什麼？這樣不是很好嗎？」

「不，對我負擔太重了。」

「喔……」

「我第一年當老師，已經忙不過來了，怎麼可能突然又兼任棒球隊教練。」

「說的也是，」正義點頭說：「真的很辛苦。」

「是啊，而且我完全沒有打過棒球，所以我本來回覆：『我一個人無法勝任，可以找有相關經驗的人幫忙嗎？』」

「喔。」

聽到的瞬間，正義的眼神有了些微變化，但文乃假裝沒注意到，繼續說：

「結果得到『不行』的回覆……」

「咦，為什麼？」

「他們說會邀請我當總教練，是因為我懂管理，就算缺乏打棒球的經驗也沒關係。如果找擅長打棒球的人來，怕會有衝突，反而無法順利運作。」

「咦？啊，不是，呃……原來是這樣啊。」

「結果，我好像還是得一個人扛起責任……」

「那樣的話，」正義盯著文乃，好像要把她看透一樣，說：「的確很辛苦呢。」

「所以，我想找你聊聊。」

「嗯，原來如此。」正義這時雙手抱胸，一臉正經地陷入思考。

文乃覺得這是機會，便說：

「不過……」

「嗯？」

「我覺得很有意思。」

接下來，文乃以輕鬆愉快的口氣談起今後棒球隊的管理，內容是她事先想好的，所以不需要費力就能講得「很開心的樣子」。

文乃講了好一段時間，正義一直以認真的神情聆聽。

聊完之後，兩人就各自回去了。

翌日早晨，正義聯絡文乃。文乃想，比預期的還快呢，一邊打開正義寄來的電子郵件。

雖然措詞有些含蓄，但郵件裡明白寫著：「無論什麼形式都好，我想協助指導棒球隊。」

◉第五話

「型」的訓練法

17

歷經一番周折後，二階正義正式擔任棒球隊的總教練。

文乃以棒球隊指導老師的身分，再次對正義說明自己的管理計畫。

她想找出棒球的「型」，根據這個型來培訓球員。

文乃在大學體育課學過劍道，當時的指導老師告訴她：

「劍道的『型』，是超越語言的快速訓練方式。」

文乃想解開「人為什麼會成長？」的謎，老師的這番話引起了她的注意，因而下課後繼進一步追問其中的意思。

她得到這樣的答案：

「『型』的練習就是有樣學樣，一開始會不明白一定要那樣做的用意，為什麼準備時要在這個位置，為什麼要把竹劍上揚到這個地方，又為什麼要向下揮到那個位置，沒有人會解釋，但在反覆練習的過程中，某一個瞬間，會突然明白其中的意義。」

「其中的意義」可能是「這是運用身體最有效率的方法」，或者是「這樣可以加快速度」。

劍道老師接著說：

「正因為照著『型』練習，我才會領悟得這麼快。型，就像精采的示範，都說百聞不如一見，記得『型』之後，了解其中的意義就很快。我想如果從口頭說明開始，理解起來反而慢。」

對「型」感興趣的文乃，繼續研究，因而聽到其他人說——

「型」的效用，跟一般人的理解正好相反。

例如在教學時，先讓學生們記住「型」，做到身形相合。乍看限制了學生的可能性，扼殺了自由，實際上卻相反。

學生們在反覆模仿「型」的過程中，漸漸得以自由運用。這時，他的動作範圍會比以前更大，更靈活。也就是說，不是「失去自由」，反而是「獲得自由」。

聽到這些話的文乃，想起杜拉克某句關於「自由」的話：

「自由是有責任的選擇。」

杜拉克說，自由並不是想做什麼就做什麼，而是在做出選擇的時候，一定伴隨著責任。

也就是說，選擇的自由存在於「做為責任的『型』」之中。正因為在「型」裡做選擇，所以有自由。

文乃因而對「型」愈來愈感興趣，讀了好些書。

其中，教育學者齋藤孝所寫的《天才陸續誕生的組織》中，有提到「猿飛佐助」。

猿飛佐助是白土三平所創作的漫畫《三平》裡的忍者。

猿飛佐助並不是某個人的名字，而是一種「術」的名稱，或者可說是「型」的名稱。

學會了這種型的人可獲得「猿飛佐助」的稱號，因此《三平》中有好幾位猿飛佐助，就算其中一個被敵人殺了，還有其他位會陸續出現。以這層意義來看，猿飛佐助就像「不死之身」。

齋藤孝對猿飛佐助這個「概念」很感興趣。他想：運用這個方法，不就可以陸續造就優秀的人才，也就是天才嗎？也可以創造出天才匯集的組織。

做為實例，齋藤孝在書中介紹了在桐朋學園教音樂的齋藤秀雄。

齋藤秀雄用「型」來教學，相當罕見。

他認為，要讓日本的音樂趕上世界水準，必須在教學上加快腳步，於是採用「型」的訓練法。他仔細研究指揮的本質，落實為一種「型」，以這個型為基礎來教學生指揮。

後來包括小澤征爾在內，那裡孕育出好幾位世界級音樂家。齋藤秀雄的門下，名符其實就像「天才陸續誕生的組織」。

文乃深受這種訓練方式啟發。她想，或許可以把這種「型」的教育帶入淺川學園棒球隊，因此重新研究棒球隊的培訓方式，試著找出棒球的「型」。

她發現雖然有好幾種類似「型」的模式，卻未必能落實。不同教練的做法不同，隨著時代變化也會出現相當程度的差異。

因此文乃這次以「確立棒球特有的『型』」為目標，只是，恐怕會遭到熟悉棒球的人強烈抵抗。因為閱讀知名職棒選手的自傳時，常會看到「重要的是不拘泥於型」這樣的句子。在棒球界，現在一般也偏向因材施教。

儘管如此，文乃認為那是因為「型」不夠精確，無法發揮功效，人們才會把照著「型」做誤解為「抹煞個性」。

只要「型」夠精確，就不會扼殺孩子的個性，甚至能讓他們自由發揮，這是文乃的想法。實際上，除了齋藤秀雄之外，《天才陸續誕生的組織》還介紹了許多實例，例如日本將棋獎勵會、寶塚歌劇團等，都透過既定模式讓孩子們學到東西。

文乃因而對找出棒球的「型」，將其運用在培訓上，不再猶豫。問題是：如何確立模式？

文乃沒有打棒球的經驗，對球技懂得不多，也缺乏相關知識。

她很清楚自己不適合建立模式。模式只有精通技巧、經驗豐富的人才能研究得出來。像齋藤秀雄就是位經驗豐富的演奏者，正因為他精通樂理，所以能打造出「型」。

文乃認為，要打造棒球的「型」，必須仰賴經驗豐富的球員。所以，她將二階正義視為目標人選。

認為正義合適，是因為他球打得不好。正義是程高球技最差的球員，高中三年一直是候補，但練習時卻最認真。

文乃想，要制訂「型」，這樣的人應該最合適吧。因為技術愈不足的人愈勤於學習，所以會比技巧高明的人花更多時間思考，得到的知識就更豐富。

據說齋藤秀雄的演奏技巧也不頂尖，所以他比別人更強烈地想知道怎樣才能進步。這跟如何創造出優異的「型」有關。

正義在這方面跟齋藤秀雄一樣。因為棒球打得不好，所以比別人加倍努力練習，同時，渴望進步的憂患意識也是程高棒球隊員中最強烈的。

也因此，正義一聽到文乃的話就表示願意。雖然不確定自己能不能打造出「型」，但仍積極地參與。

於是從這一天起，文乃與正義啟動了「創造棒球的『型』」的新事業，並由淺川學園棒球隊經理中，負責棒球隊經營策略的木內智明協助。

18

這樣一來，棒球隊經理團隊一開始制訂的三項目標，「總教練」、「整頓球場」都已經有一定的進展了，接下來要著手最後一項：招募優秀球員。

不過卻阻礙重重。首先，就如先前所提，儘管想吸引擅長打棒球的國中生，但日本高等學校棒球聯盟有嚴格的規定，禁止直接跟學生接觸。

所以棒球隊經理們必須以其他方法，讓讀國中的棒球好手想進淺川學園。

六位經理連續開了幾天會議，討論怎麼做。負責企畫的洋子提議：

「好不容易把球場變漂亮了，能不能運用在這件事上呢？」

這時的天空球場已經整頓告一段落，變成一個像樣的棒球場。在楓的指導下，球場周圍種著花，實現了一開始提出的「球場公園」構想。

「沒錯，」真實說：「從單軌電車也看得到球場，等於是最好的宣傳，不利用這點就可惜了。」

於是經理們開始討論「怎樣可以讓讀國中的棒球好手，感受到天空球場的魅力？」

種花當然是其中一種做法，但應該還有其他方式吧，有沒有更讓人「想在天空球場打棒球」的方法？

負責人事的小夢說：

「呃……雖然好像沒有直接關係，不過我有話要說。」

「嗯？什麼？」

聽到擔任主席的真實詢問，小夢回答：

「其實整備球場的同學們有提出請求。」

「什麼樣的請求？」

「就是……他們想在那裡打棒球。」

「打棒球？」

「嗯，好不容易把球場整頓好，可是還沒有人在那裡打過棒球吧？所以整備組覺得好像少了什麼。他們想，如果可以在那裡打棒球，不但能實際體驗自己付出心血換得的成果，還會增加很多新經驗。為了讓他們找到充實感，能讓他們在那裡打球嗎？」

公平聽了，說：

「換個角度看，我們隊裡連一個球員都還沒有，要打也只能讓一般學生來打著玩，好不容易整理好的球場，這樣也太可惜了……」

「就是啊，」五月說：「這樣恐怕只會讓形象變差吧？國中生看到都是外行人在用那座球場，反而會覺得還是別進那所高中比較好吧。」

就在這時候，真實忽然「啪！」地拍了桌子，大家都驚訝地看著她。

真實指著五月說：

「這就對了！」

「什麼？」

聽到五月這麼問，真實回答：

「如果都是不會打球的人在玩，會讓別人覺得還是別進那所高中比較好，對吧？但如果反過來，有高手在那裡打球，就會變成『我想讀那所高中！』，而對我們學校感興趣。」

「的確。」公平說：「讓擅長打棒球的人在那裡打球，說不定是最好的宣傳。」

「可是……」小夢說：「要讓誰來打球呢？我研究過了，我們學校幾乎沒有棒球好手。」

小夢最近對淺川學園全體學生做了調查，想先找出擅長打棒球的人，但這所去年還沒有棒球隊的高中裡，這方面的人才一個都沒有。

沒想到真實眼睛發亮地對小夢說：

「學校沒有，從外面帶來就行了。」

「外面？」

「沒錯！例如讓棒球打得很好的高中在那座球場舉行練習賽。」

「啊，原來如此！」公平說：「如果是練習賽，就算讓其他學校使用球場也不奇怪。」

「不過，」這次是五月發言：「應該不是跟我們學校比賽，而是出借場地吧？以前的情形怎樣不曉得，現在我們跟那些強校毫無往來，怎麼邀呢？」

真實笑著對五月說：

「不，有一所強校跟我們可是有關。」

「哪一所？」

「程久保高校呀！」

於是，總教練正義與指導老師文乃，向程久保高校的總教練加地誠提出邀請，請程高棒球隊在天空球場舉行練習賽。委託人是程高在甲子園出賽時，擔任隊長與經理的正義與文乃，加地教練想必不會拒絕。

程久保高校自從正義等人畢業後，再也沒有在甲子園出賽過。儘管如此，卻一直保有強校的地位，因此練習賽的對手也是強校。對方是去年西東京的冠軍，曾在甲子園二度贏得冠軍的名校：私立瀧宮高校。

就這樣，天空球場首次——不，應該說是隔了四分之一世紀後，重新成為球賽場地。

在這場比賽之前，棒球隊為了招募球員，做足準備。在這方面，經理們訂下三個作戰策略：

第一，盡可能讓愈多高中使用球場愈好。可能的話，定期在那裡舉行球賽，讓更多國中生注意到球場。

所以要讓來打球的其他學校「還想在這裡比賽」，好好招待他們。

第二，美化看球賽的環境。

讓其他學校使用天空球場的目的，是藉機吸引還在讀國中的棒球好手。因此，要盡可能讓更多人觀賞球賽。來看球賽的人愈多，棒球好手對淺川學園感興趣的機會愈大。

所以棒球隊不只針對球場，對周邊環境也要安排妥善，讓來看球賽的人有好印象。

第三，分享樂趣。

正如前面所說，讓其他學校使用天空球場的目的，是藉這個機會爭取到擅長打棒球的國中生，讓他們「也想在這裡打棒球」而進入淺川學園。

所以要讓在這裡打球的人樂在其中，人只要看到別人樂在其中的樣子，就會想跟進。這是文乃從「湯姆．沙耶刷油漆」法則學到的說服術。

於是棒球隊的經理們從「怎樣能讓比賽的球員樂在其中」討論起。當然不能拜託其他學校的球員「刻意表現得很開心的樣子」，那就只好靠球場整備組了。

整備組跟經理不同，有機會在中場時露面，被觀眾看到。

至於做法，負責棒球隊經營策略的智明提議：「我們也這樣試試看如何？美國的棒球場在中場整備時會放音樂跳舞。」

他的建議獲得採納，淺川學園也在整備球場時放音樂，雖然不跳舞，但像體操隊一樣排出隊型，讓整備時段變得賞心悅目。

淺川學園開始針對這三個策略做準備，這就是「從小規模開始」。

所謂「從小規模開始」，在杜拉克《創新與企業家精神》中曾經反覆提到：

規模龐大的構想、試圖在產業引起革命的計畫不會順利進行。必須以特定市場為對象，展開小規模的事業，不這樣做的話，調整與改變會耗去太多時間。創新很

少在初始階段就正確定位，為了易於調整，要控制在小規模，需要的人才與資金也較少。（一一三～一一四頁）

對棒球隊來說，為球場進行各式各樣的改變，就是「從小規模開始」。那正是「以特定市場為對象的小型事業」。

就算失敗了，也有辦法調整，而且，這時候的失敗能成為有益於創新的經驗，也容易凝聚共識。

結果這場練習賽非常成功。儘管有些微小失誤跟預料之外的狀況，成效還是超出預期。

首先，前來比賽的兩校球隊都喜歡天空球場，都表示以後如果有機會，還想在這裡打球。

事先的準備也奏效。比賽當天場邊坐滿了觀眾，包括淺川學園的學生與學生的朋友、兩所學校的相關人員、附近的居民等，宣傳效果很好。

最重要的是，棒球隊經理與整備組從過程中獲得許多經驗，每個人都感到非常充實。

經理們覺得自己的努力得到反饋，整備組也因為球場發揮效用而感到有意義；尤其聽到兩所學校的總教練讚美球場，更是開心。因此，還沒有執行作戰計畫大家就「樂在其中」了。

這時棒球隊的隊員們還不知道，這次比賽另有一項成果。觀眾席上有某位國中生來看球賽，他後來進了棒球隊，引發重大的創新。

19

這位引發重大創新的人，名叫一條隼人，就讀國中三年級。

球賽當天，他蹺掉自己學校棒球隊的練習，來到天空球場。

不，正確地說，不是「蹺掉」。他這天肚子痛，所以「請假」沒去練球。

他只在不想去練球時，肚子會剛好不舒服。所以這天在抵達球場之前，他的腹痛就已經好很多了。

隼人本來打算回家，所以一個人去搭通學的單軌電車。

透過車窗，跟往常一樣看見天空球場。但這次他驚訝地睜大眼睛，因為眼前出現跟平常不同的景象——天空球場正在舉行比賽。

天空球場對隼人來說是個熟悉的地方，因為他每天都會從車窗眺望。這座球場原本是座草原，不，嚴格說來更像荒地，透出一股異樣的氣氛，引人側目，吸引著搭單軌電車時的隼人。

最近，球場忽然開始整備。先是拔掉雜草，撿走石塊；接著運來新土，球場變乾淨了。原本損壞嚴重的柵欄修好了，腐朽的長椅也重新釘過；甚至面向單軌電車這一側的斜坡面，還出現漂亮的花壇。

隼人對這樣的變化很感興趣。每次搭電車的時候，觀察球場整備進度變成他的慣例。

終於這一天，球場出現進行中的棒球賽，匆匆一瞥就看得出是正式比賽。隔著一段距離，也能清楚看到投手在一瞬間投出的球。

隼人迫不及待，到了下一站趕快下車，走向天空球場。這時候，他已經完全忘了肚子痛的事。

來到球場後，隼人吃了一驚，出賽的竟是數年前曾在甲子園出場的強校——程久保高校，對手則是去年打進甲子園的瀧宮高校，這兩所強校正在舉行練習賽。

隼人在球場外圍設置的長椅上坐下觀賽，看到令他印象深刻的場面：第五局結束後忽然響起音樂，接著，幾名身穿運動服的學生出來整備球場，陣容像體操隊一樣，相當特別。不但如此，他們動作時都面帶笑容，很開心的樣子。

這一幕打動了隼人。最近的他，對原本熱愛的棒球失去了衝勁。

「自己在不知不覺中，忘記了棒球的樂趣……」看到整理球場的學生們的笑容，他忽然察覺到這件事。

那些學生抓住了隼人的心。球賽結束後，他仍留在原地看他們做賽後整備工作。

隼人得知他們是淺川學園棒球隊成員，是他第三次來到這裡的時候。看過練習賽之後，每次搭單軌電車他一定會留意，只要天空球場有球賽他就下車去看，因此知道了那裡是淺川學園的場地，這所學校的棒球隊沉寂了四分之一世紀後再度復活，而且正在召募下一年度的棒球隊員。

就在此時，報紙地方新聞版刊登了淺川學園棒球隊的報導。報上說：這支棒球隊的總教練與指導老師，就是過去程久保高校在甲子園出賽時的隊長與經理。報導的結語是：這次轉換地點與身分，兩人以再次打進甲子園為目標。

凡此種種，讓隼人對淺川學園愈來愈感興趣。

隼人正在煩惱自己的將來，因為現在必須決定要不要繼續打棒球。

甲子園當然是他的夢想，是他嚮往的地方，而且，他的確喜歡棒球。

但是現在的學校並不適合他，打棒球變成痛苦的事。

練習很無趣，尤其是為了鍛鍊體力的練習，最令隼人不耐。

隼人的運動神經很發達，在現在的球隊常居第二，很活躍，他是發自內心喜歡打球。

但他的個子比較小，肌力較不發達，尤其缺乏持久力，所以對於鍛鍊持久力的訓練——例如長跑等項目，特別感到吃力。

所以他經常偷溜，缺席長跑訓練。不，應該說這時候他一定會肚子痛，總是要請假。

光是不去練長跑，並不會失去正選球員的資格。隼人的打擊成績在隊上名列前茅，所以練跑時缺席不會有人責備他。

只是，這反而讓隼人更消極。既然去不去都沒關係，何必練什麼長跑——他愈發覺得沒道理。

「都是長跑害我肚子痛，才沒辦法去練習。」

其實隼人並不喜歡老是因為腹痛缺席，他想好好投入自己熱愛的棒球，然而鍛鍊體能的練習已變成一道難以跨越的障礙。

這道體能鍛鍊的障礙令他心生厭惡，要是升上高中還得繼續的話，他寧可不要打棒球算了。

這時他發現了淺川學園。這所學校的棒球隊歷經長年停擺，才剛重新開始，仍有許多未知數，不過隼人很喜歡天空球場愉快的氣氛。

「如果在那裡打球，或許更能體會棒球的樂趣。」

所以他做了決定，向淺川學園棒球隊詢問報名辦法。

這時的隼人把事情想得很簡單，沒料到除了自己還有其他人想加入。他只是想確認一下，棒球隊到底湊足人數了沒。

結果把他嚇了一跳。想進淺川學園棒球隊的人數超過申請上限，必須以公開測驗的方式進行篩選。

於是隼人焦慮了起來，之前悠哉的想法一掃而空，想加入的心情忽然變得很強烈。

原本，他想的只是「參加看看也無妨」，但知道報名的人很多後，心情大轉彎，變成「沒加入會後悔」。

隼人參加了測驗。由於不知道要測試什麼，事先他還很難得地鍛鍊了體力。到了測驗場，隼人又嚇了一跳。因為出現了很奇特的測驗項目，要求報名者「模仿」。

測驗項目有好幾個，其中兩項是模仿。

一是模仿自己喜歡的棒球球員，另一項是模仿校方指定的球員。應試者必須觀看指定選手的影片，當場模仿，接受考驗。

隼人安心了，他最擅長的就是模仿。

隼人的運動神經發達，自由運用肢體對他來說輕而易舉，模仿是他從小的強項。除了會模仿職棒選手，模仿隊友也很在行，他常用這招逗大家笑。

所以應試時他模仿自己最有把握的鈴木一朗，以及淺川學園指定的選手，都很順利。

隼人通過了測驗。他想進淺川學園的心意已經非常明確，所以收到錄取通知時，發自內心地高興。

這時距離棒球隊重新啟動，已經過了整整一年。包括一條隼人在內，四月時共有十二名球員加入。

20

三個月前，也就是去年十二月底，為三年級生送舊的儀式在天空球場舉行。棒球隊的三年級生包括總經理富樫公平，以及七人整備組的志村與加東。

在天空球場舉行的儀式上，公平致辭：

「我不知道自己算不算是稱職的領導人。結果，棒球隊連一個球員都還沒有，也沒參加過比賽，一年就過完了。但我們得到好些成果，就這層意義來說，我想這是充實的一年。」

正如他所說，棒球隊至今確實有些成果。

首先，他們決定把《創新與企業家精神》當成教戰手冊。接著，由六人組成的經理團隊做到了「預料之外的成功」。再者，經過審慎分析之後，將棒球隊定位為「學習管理的組織」。

從這些小地方開始，一點一點累積創新。

以打造日本第一的球場為目標，增加負責整備的成員。由程高在甲子園參賽時的隊長二階正義擔任總教練，實現在天空球場舉行球賽的計畫。而且，正義還跟文乃一起上媒體，幫球隊宣傳等等。

另外，棒球隊的事業目標聚焦在「確保人才」，以各種措施爭取擅長打棒球的國中生，總計有二十四位希望進入棒球隊。

因此棒球隊又面臨新課題，也就是必須限制錄取人數。

因為在杜拉克的理論中，「最大」未必是好事。跟「最大」相比，更應該追求「最適」。《創新與企業家精神》中寫著：

> 將目標最大化，不會讓目標達成，反而要付出更大的努力才能接近達成。為什麼呢？因為一旦超過最適值（可能是目標的七五％或八〇％），獲得成果的指數函數就會降低，必須成本的指數函數則會增加。（一五九頁）

所以絕不能盲目地擴增球員人數，必須限制。

校方一開始對這樣的做法有疑慮。站在教育的立場，社團活動不能拒絕有興趣加入的學生，否則會被非議。同時，學校也希望增加學生數量，所以很抗拒限制球員人數的構想。

但對棒球隊來說，「組織的存續」是最重要的事。過去就是失敗在這一點，導致停止運作的慘痛結果。

如果讓隊員無限制地增加，會提高球隊存續的難度。因此對經理團隊來說，限制隊員人數的原則絕不可退讓。

結果，文乃與重森校長談過之後，終於得到校方理解。文乃是重森校長禮聘來的老師，無法對她的意見置之不理。

其實棒球隊的復活，正是重森校長特意推動的新事業。因為在重森校長上任前，淺川學園的學生數量逐年減少，成為學校的隱憂。

淺川學園學生人數的減少，始於一九九〇年代後半，明顯的原因是少子化。另一方面，年輕學子流向都心的情況愈來愈嚴重。淺川學園所在地——東京都日野市的出生率，甚至低於全國平均值。

面對這樣的情形，淺川學園過去一直沒有任何對策。雖然從統計數字就能明顯看出這個趨向，校方仍置之不理。

過去輕忽所造成的後果，終於到了不得不面對的時候。重森校長是學校前理事長的姪子，曾在金融機構負責基金管理，以投資專家的身分見過許多經營者。由於學校的經營狀況愈來愈嚴峻，三年前校方緊急招聘他來。

重森校長上任後，看到學校的營運狀況非常驚訝，校方竟然對「少子化」這麼重大的危機置之不理。就像九〇年代初棒球隊發生問題時，學校只是結束球隊，沒有任何積極做法，因為當時學生人數充足，不必費神。沒了想打棒球的學生，球場便處於荒廢狀態。就像這樣，校方的態度一直是被動消極。

所以重森校長不得不重新學經營。為了度過目前的危機，他覺得必須從根本做起，於是他讀了文乃寫的《如果杜拉克》，認識了杜拉克的學說。

重森校長在閱讀時發現，杜拉克曾具體談到少子化。《創新與企業家精神》中，創新的第五個契機「著眼於人口結構的變化」，杜拉克是這樣說的：

這種人口結構的變化，是企業家的創新機會，因為既有企業或公立機構多半無視這類變化。他們傾向於認定人口結構沒有改變，或是改變不會迅速發生，甚至不

承認人口結構發生了變化的明顯事實。（六三頁）

讀到這裡，重森校長非常驚訝，覺得就像在描述淺川學園，像是對自己說的話一樣。淺川學園過去也一直無視人口結構變化，也就是「認定改變不會迅速發生」，所以學校的營運才會陷於緊迫，甚至演變成要缺乏教學經驗的自己來上任。

因此重森校長進一步閱讀更多杜拉克的著作，也知道《如果杜拉克》的作者北條文乃想當老師，便想著一定要設法讓她來淺川學園。而且，她希望在有棒球隊的高中任教，這或許是讓休眠中的棒球隊復活的大好機會。對重森校長來說，這是一石二鳥之計。

重森校長很重視杜拉克的理念，以及文乃，因此，文乃的說明他沒有不接受的道理。

特別是，淺川學園的學生減少，多少跟杜拉克所說的追求「最大」有關，所以他能理解棒球隊經理以「最適」為目標的做法。

最後，重森校長徹底支持棒球隊限制球員人數的方針，甚至因而重新檢討自己原本想「增加淺川學園學生人數」的做法，將方針從盡可能增加人數，轉換成追求最適當的規模。

於是，儘管歷經波折，棒球隊最後還是確立了球員人數限制政策。這樣反而帶來新的好處，就是想進棒球隊的人更多了。

這也是文乃過去學到「湯姆．沙耶刷油漆」法則的效果，被禁止的事物反而更誘人。正因為淺川學園棒球隊限制了錄取人數，對國中生反而更有吸引力。以這層意義來說，限制球員人數不但讓組織存續變容易，還提高了希望加入的人數，可說是一石二鳥的「創意」。

數年後，想進淺川學園的學生人數增加了，也同樣是愈禁止愈誘人的「湯姆．沙耶刷油漆」效應。

為此，重森校長重新體認了杜拉克思想的深度與分量。不去抵抗少子化的現實，而是接受事實、篩選成員，這樣的做法反而使希望入學的人數增加。也就是說，這正是利用人口結構變化的創新。

至此，棒球隊確實累積了各種有形無形的創新。當三年級生畢業時，又出現另一項創新——選出新的總經理。

隨著公平畢業，經理團隊必須選出新的領導者。不過幾乎不需要討論，大家一致推選真實。

真實是棒球隊復活後，繼公平之後加入的第二位成員，目前為止也一直是公平的得力助手。

尤其她對杜拉克思想的理解程度，是全隊最優秀的。她發揮將理論實際運用的具象化能力，是推動創新的核心角色。

由真實擔任總經理，大家都沒有異議。甚至可以說，即使公平還在學校，她也已經擔起領導的角色了。

在送舊儀式的致辭上，公平這樣說：

「我不知道自己一直以來是不是個稱職的總經理。不過，有件事我很自豪，那就是留下優秀的後繼者。」

接著公平引用了一段杜拉克的話。

「杜拉克是這麼說的——」

為了達成目標，創業者不該一直親自管理，必須下定決心讓高階管理團隊接

手。（一七九頁）

「如果我是這支棒球隊的『創業者』，有件事我覺得值得驕傲，就是我沒有一直獨力管理。從很早的階段，我就交給高階管理團隊了。」

他望向其他五位經理，做出總結：

「所以這樣畢業我很欣慰，沒有遺憾。真的很謝謝你們。」

公平這麼說的時候，眼中泛起些微淚光。隊員們給予熱烈的掌聲。

看到眼前的光景，小夢想起五個月前的事。

五個月前，也就是七月底的時候，淺川學園棒球隊的全體隊員，去神宮球場觀賞西東京大會的決賽。

比賽結束時，公平忽然掉下淚來。

坐在隔壁的小夢很意外，沒有想到公平會哭。她裝做沒看到，回學校後再悄悄詢問原因。小夢畢竟要負責照顧隊員，不能不聞不問。

公平回答：「當時的眼淚……是想到決賽就要結束，心裡忽然很難過。」

「忽然很難過？」

「嗯。妳看，我已經三年級了，所以夏季地區大會一落幕就忍不住想：我的高校棒球夢就這樣結束了。」

聽到他的話，小夢不曉得該說什麼，沉默了一會兒。

公平靦腆地笑著說：「真奇怪。我又不是球員，也不是我們學校去比賽，到底在哭什麼。不過，雖然只有短短四個月的時間，但既然以經理的身分加入了棒球隊，不知不覺自己好像也成為球員的一份子。」

聽了這些話的小夢，還是不太能體會公平的心情。然而，她的工作是了解每位隊員的心聲，為大家找到充實感，所以公平的眼淚，成了小夢心中的課題。

公平在送舊儀式上流的淚，讓小夢想起這件事。

還有一個人看到公平落淚也陷入思考，那個人是指導老師文乃。她思考的是棒球隊的新領袖真實。

文乃有點擔心真實。要說原因，就是這次總經理人選經全員一致通過。

杜拉克在《管理》中這樣寫著：

不是在全體一致通過的情況下，進行管理上的決定。要先讓對立的意見產生衝突，讓不同的見解形成對話，從相異的判斷中做出選擇，最後才實行。所以，做決定的第一原則就是：沒有對立的意見時，不要做決定。（《管理》（菁華版）一五二頁）

因此，文乃對於全體一致通過，由真實擔任繼任總經理的決定，有種不好的預感。

不過她沒有說出來。雖然她的職責是守護棒球隊，但文乃自己也覺得真實是最適合的人選，真要她反對，她也很猶豫。

到最後，她還是沒有把心裡的疑慮告訴任何人。

第二部

◉第六話

尋找充實感

21

真實當上總經理後，小夢一直很開心，因為跟她相處的時間增加了。

新的一年裡，小夢目前為止一直跟真實一起。因為真實主要的工作是「跟隊員面談」，小夢以人事負責人的角色在旁協助。

擔任人事以後，小夢一直在思考什麼是充實感，因為她的工作是「創造充實感」。

「怎樣才能讓隊員感到充實？」

這樣思考時，小夢覺得必須先對「充實感」有更多了解。沒有先認識清楚的話，她怕會弄錯方向，達不到效果。

因此小夢試著思考：「人在什麼樣的時刻會覺得充實？」也試著回想：「自己在什麼時候有這樣的感覺？」

於是她明白，最明顯的是「有人需要自己的時候」。

例如真實拜託她什麼，或幫了什麼忙讓真實高興時，小夢會非常開心。她會那麼認真當棒球隊經理，一部分也是這個原因。

這麼一想，人會感受到充實，關鍵是有人需要自己，「被別人依賴」是必要條件。

小夢接著思考：人在什麼情況下會需要別人？什麼時候會依賴別人？

她想到的是：當自己無法解決的問題被對方解決時，也就是說，受到對方的幫助時。

也就是要有「被幫助的人」，解決他人的問題會令人感到充實。

那麼，什麼樣的人能夠幫助別人？

應該是「具有他人缺乏的能力」、「具有他人缺乏的優點」的人，藉由發揮自己的長處來幫助別人。

換句話說，如果能發揮自己的長處，幫助別人，就會感覺到充實。所以，棒球隊的人事幹部必須發掘隊員的優點，善加運用，幫助其他人。

這樣一來，當務之急就是「了解隊員的優點」。如果不知道對方的優點，就無法運用，無法創造充實感。

小夢決定調查每位隊員的長處。這時她反倒發現了一件有趣的事，「擅長發現別人的優點」居然是自己的強項。

小夢原本只是「容易羨慕別人」，看到長相可愛的女生會羨慕，遇到聰明的同學也會羨慕，面對跑得快或擅長園藝的人也會，總之就是經常羨慕別人。

她很討厭自己這樣。羨慕別人的優點，就會因為缺乏這項優點而自卑。

所以她一直提醒自己不要羨慕別人，不過現在倒可以當成一項優點來運用。小夢於是明白了，只要用對地方，缺點也可以變成優點。

因此，小夢比以前更喜歡人事工作，覺得這份工作很有意義。

她也因而了解到，喜不喜歡自己的工作，關乎能否找到充實感。

小夢一開始不太喜歡這個差事。雖不至於討厭，但覺得負擔太重，無法勝任。

原本只是出於「希望能幫助真實」的想法，才勉強答應，沒想到竟適合自己。她逐漸喜歡上這個角色，開始產生了充實感。

於是，她得到三個重要的心得：為了提供充實感，要先了解這個人的優點。同時，讓對方施展強項，得到他人的肯定。第三是，這樣會讓人喜歡自己的工作，覺得有意義。人事工作，就是要讓每位隊員體驗到這些。

例如負責整備球場的松葉楓，就是理想的成功案例。楓的優點是擅長園藝。讓她的專長發揮在整備球場上後，獲得許多人讚美。楓因而喜歡這份工作，覺得很有意義。

小夢想把楓的成功案例，推廣到其他隊員身上。為此她必須更了解隊員，尤其是挖掘他們的內在。他們究竟想追求什麼、在煩惱什麼、對什麼感到有意義，這些都要掌握。

不過這時她遇到了阻礙：小夢不擅長跟人談話，很難問出他們的想法。如果問不出隊員的想法，就不知道他們的目標、困擾、價值觀。這麼一來，很難將周遭的評價與當事人的動機結合起來看待。

小夢思索著有沒有辦法知道這些，但是想不出什麼好主意。剛好真實說：

「既然擔任總經理，我想跟棒球隊的每個人面談。」

「什麼面談？」

「就像字面上的意思，面對面談話呀。」

「為什麼要這麼做？」

「因為想聽大家的真心話。」

「咦！」小夢大吃一驚，那正是自己想做的事。

「知道之後要做什麼？」

「其實在《創新與企業家精神》裡，我發現這樣的段落——」

第三，由企業家經營的企業，高階管理者會親自跟研發、工程、製造、行銷、會計等部門的年輕人定期見面。（一三六頁）

「杜拉克說，高階管理者必須跟第一線工作者定期會面，而且一定要跟他們談話。」

「為什麼？」

「理由有三個，第一，高階管理者可以得知大家的想法。第二，反過來，大家也會明白高階管理者的想法。第三，透過面談，大家會從管理的角度思考創新。」

「原來是這樣。」小夢佩服地點頭：「的確，創新的想法，與其由管理者埋頭思考，不如問大家，會得到更多點子吧。」

「對吧？而且能問出隱藏的真心話，我想這也很重要。」

「隱藏的真心話？」

「嗯，這是任天堂的社長岩田聰說的。他說像這樣跟每個人面談，能得知目前為止隱藏的各種真心話，可以讓人際關係不那麼緊張。」

「啊！所以……」

「嗯？」

「所以也能問出這個人想要什麼、對什麼感到困擾、或是做什麼才覺得有意義嗎？」

「嗯，的確是想問出這些。」

「那我也想一起！」

「咦？」

「我也想聽大家的心聲，其實我正在為這件事煩惱。能由擅長跟人聊天的真實來問太好了！」

於是小夢跟著真實一起，跟棒球隊所有成員面談。

22

兩人最先面談的是總教練二階正義。校舍一樓西側有間小教室，現在挪為棒球隊的社團辦公室，兩人在那裡跟正義談話。不過，小夢只負責記錄，由真實一個人提問。

真實首先詢問，正義想要建立的「型」。

「所謂的『型』，要怎樣創造出來呢？」

「嗯，我想過很多，但還沒找到答案。儘管棒球有超過一百年的歷史，至今仍沒有明確的『型』。」

「有點難，對不對？」

「還好發現了練習的『型』。」

「練習的『型』？」

「嗯，有這樣的練習喔。只要提到棒球，每個人都做過這樣的事，所以說是練習的『型』，我想應該不會有人反對。」

「那究竟是什麼樣的練習？」

「就是傳接球與揮棒練習。這兩項從初學者到職棒選手，不分東西方每個人都練過。」

「的確。」

「所以我想從落實這兩個項目開始。」

「具體來說會怎樣進行？」

「嗯，我想試試看，讓球員模仿知名選手投球與打擊。」

「模仿？」

「是的，而且要徹底。因為『模仿』跟『學習』在日文是同一個語源，是教育的基本。如果徹底實行，說不定可以開拓通往『型』的道路。」

「原來是這樣，所以在招收測驗時讓應試者模仿。」

「嗯，我是這樣想的，」正義將身子前傾，說：「進入淺川學園的這些球員，還沒有一個是全國級的高手。畢竟我們學校的棒球隊才剛重新開始，錄取的都是國中時還不太出鋒頭，擔任候補的球員。」

「沒錯。」

「要是用一般的方法訓練，我想進步會很有限。因為他們在國中已經受過這樣的訓練，但並沒有出色的表現，所以或許需要某種『質』的變化，也就是創新。」

「原來是這樣，很有趣耶！」

「是吧？關於創新，杜拉克是這麼說的——」

為了讓創新展現出魅力，第一階段要先制度化，將已經失去活力、變得陳腐、不再具有生產力的部分廢棄。（一三〇頁）

「所以，我想從讓他們捨棄原本的打球習慣開始。」

「捨棄原本的打球習慣嗎？」

「嗯，也就是『捨棄舊有形式』。國中時投球或打球的方法其實限制了他們，我認為有必要捨棄。」

「原來如此，就是要徹底改變他們打球的習慣。不過真有這麼簡單嗎？雖然他們才高一，但要改變一直以來熟悉的球技，恐怕不容易吧？」

聽到這段話，小夢嚇了一跳，她覺得真實的問話很犀利。

但正義面不改色地回答：「嗯，所以要透過『型』的訓練法。」

「什麼意思？」

「『型』的訓練法，就是反覆練習某種形式。只要這樣做，在學會『型』的過程中自然能改掉舊的習慣。也就是說，既能捨棄舊的形式，又能運用新的形式，可說是一石二鳥。」

「原來如此，也就是說，這就是創意。」真實佩服地點點頭，接著改變話題繼續問：

「另外還預計做哪些練習？」

「不，其他什麼都沒有，我打算先只練習這部分。」

「只練傳接球與揮棒？難道不會一下就膩了嗎？」

「不，就是要練到爛熟，才會學到真正的『型』。而且我還有另一個目的。」

「是什麼？」

「我想藉著只練傳接球跟揮棒，激發球員渴望做其他嘗試的心情，讓他們更想打球或更想比賽。」

「真的會這樣呢。」

「我想，這種渴望應該能提高他們對棒球的熱情。這也是文乃說的『湯姆．沙耶刷油漆』法則的應用，因為禁止，反而更受誘惑，就是這麼回事。」

「具體來說，要禁止到什麼時候？」

「我想應該會維持到夏季大會前吧。」

「要那麼久嗎？」

「嗯。在那之前一直忍耐、忍耐，到了夏季大會再一口氣解放。這樣的話，或許會出現有趣的效應。」

跟正義的面談結束後，剩下她們兩個人，小夢對真實說：

「妳剛才的話很犀利呢，我在旁邊聽了很緊張。」

「嗯，其實我跟文乃老師打聽了總教練打算怎麼做，事先準備了問題。」

「咦！竟然特地在面談前先打聽。」

「是呀，關心成員在做的事，我想這也是最低程度的正直。」

「正直？」

「妳看，在《如果杜拉克》裡『正直』是個關鍵詞，沒錯吧？欠缺正直品格的人，沒有資格當經理。我認為自己的工作是『盡可能了解大家』，《創新與企業家精神》也這樣寫──」

推展創新時，一定要走出去觀察、詢問、聆聽。這個步驟無論怎麼強調都不誇張。（一一二頁）

「啊，在〈創新的原理與條件〉這一章裡。」

「嗯，所以我花力氣去觀察、詢問、聆聽。追根究柢，我想這也是經理的品格吧。」

「原來如此。」

「反過來說，我能做的也只有這些……」

不知道為什麼，真實彷彿嘆氣似的這樣說。

小夢很想立刻接話：「咦？沒有這回事。」她認為真實還有很多能做的事，還有很多可以擔任的角色。

可是小夢把這句話吞了下去，沒有說出口，因為她覺得這不是真實期待的答案。

真實會這麼說，應該有什麼原因，但小夢不知道那是什麼。所以沒辦法，只能沉默。

以這次的面談為開端，真實與小夢跟棒球隊相關人員陸續談話。接下來是指導老師文乃、其他經理們，以及球場整備組。

小夢因而知道了每位隊員內心的想法。真實運用豐富的知識與高明的談話技巧，單刀直入每個人的核心，引導他們說出以前不曾透露的真心話。

這對小夢了解每位成員有很大幫助。意外地，也讓小夢對真實有了新的了解。小夢因此得窺過去不曉得的、真實的另一面。

23

小夢發現真實有嚴厲的一面；不僅對自己嚴格，對他人也是。總之，她的要求很高。

例如她與負責經營策略的木內智明面談時就看得出來，真實要求智明「找出高校棒球產業結構的變化」。

「產業結構的變化」是杜拉克稱為「創新的七個機會」的第四項。關於這點，杜拉克這樣敘述：

由於產業與市場結構看起來穩固，內部的人會覺得這樣的狀態就是秩序、自然，而且會永遠持續。但事實上，產業與市場的結構都很脆弱，只要微小的力量就能使之輕易崩壞，甚至瞬間解體。（五四頁）

在高校棒球中，最有名的產業結構的變化就是金屬球棒的登場。這個改變讓原本對投手有利的局面，轉為對打擊者有利。

因此真實質問智明：

「目前為止，能與金屬球棒的登場匹敵的產業結構變化是什麼？」

「產業結構變化嗎？嗯……這有點難。」

「什麼叫有點難！不是要你先準備的嗎？」

小夢嚇了一跳，她從來沒聽過真實這樣講話。

不過真實會隨對象不同而調整態度，會看對方的個性說話。所以她對智明這麼說，不至於釀成大禍。智明悠哉地接受了真實的話，回答：

「嗯，我是有查過，可是不太懂……」

「例如『投手連續出場』，你怎麼看？」

「啊？」

「『投手連續出場』在以前是理所當然，但現在很少見了，不是嗎？以前，冠軍隊伍的王牌投手連投五、六場很常見，現在至少要由兩位以上投手輪替。」

「啊，的確！」

其實這是真實之前從正義那裡聽來的。正義想利用投手不再獨撐大局這項「產業結構的變化」，透過「型」的訓練法培養多位投手。這叫做「猿飛佐助戰略」，目標是藉由培養優秀的投手，建立像職業棒球一樣的先發投手輪替制度，引發高中棒球界的創新。

一聽真實提到這件事，智明眼睛發亮，佩服地說：「真是太厲害了！」

但真實板著一張臉說：

「這不是厲不厲害的問題，我希望你能找出這樣的現象。」

「啊，是喔，抱歉。」

「你不知道這件事，可見你沒有認真跟教練討論吧？」

「是……」

「總之，我期待智明能提出破壞性的創新。」

「破壞性的創新？」

「所謂破壞性的創新，就是能顛覆目前為止既有價值的創新。如果能實現這一點，就不用擔心競爭。這就是創新真正的價值。」

「原來如此。不過，要怎樣才會找到呢？我還是不太明白……」

「先檢視高校棒球的歷史。」

「歷史？」

「嗯。希望你從資料著手，找出其中潛藏的變化，例如防禦率與打擊率有什麼改變。無論多微小的發現都沒關係。我想，產業結構的變化正是隱藏在細微的數字中。」

「我懂了。我會盡快去找找看。不過……」

「嗯？」

「如果有不懂的地方，可以請妳教我嗎？」

面談結束後，真實很難得地向小夢抱怨：

「智明真是個慢郎中，不管跟他說幾次，他都很被動。」

「是呀。不過，我想他沒有惡意……」

「是沒有惡意，而且也不笨。只是他不太會對自己的工作負責，主動去做。」

小夢稍微想了一下，說：

「會不會是因為他還沒體會到這份工作的意義？」

「咦？」

「或許是智明對自己負責的領域還沒產生充實感，所以一直在狀況外。」

真實忽然露出苦笑似的表情，說：

「小夢很了不起呢。」

「啊？」

「妳總是把別人的問題當成自己的事在思考，要是每個人都能這樣就好了……」

聽到這段話，小夢雖然知道在誇獎自己，卻覺得好像有什麼地方不對勁。真實這麼說的時候，好像置身事外，感覺有點冷淡。

四月時，包括新加入的十二名球員在內，共有二十四名成員，棒球隊重新成立至今終於能開始練習。從再出發後經過整整一年，總算可以打棒球了。

不過真實與小夢的工作，四月以後還是沒什麼改變。她們繼續跟隊員面談，聽他們的心底話。外出觀察、詢問、聆聽，幾乎是她們工作的全部。

兩人跟十二名球員都面談過。小夢對他們很感興趣，因為他們是棒球隊重新開始後的第一批球員。目前為止，小夢還沒有跟球員說過話，對於他們想追求什麼、有什麼困擾、覺得做什麼有意義，一無所知。所以，能夠藉著面談獲得答案，她高興得不得了。

這十二名球員當然也有各種不同類型。有人擅長說話，有人話很少。有棒球打得很好的，也有不太行的。他們進入淺川學園的動機或抱持的願景，也各自不同。

不過，大概可以分成三種。首先，佔多數的是像楨庸太郎這類型。他在跟兩人面談時說：

「我的確不是什麼很厲害的球員。國中時雖是候補投手，但因為隊上有屹立不搖的王牌投手，所以幾乎沒有出場的機會，有時候還會被派去防守外野。就算進了棒球隊很強的學校，一定也還是候補球員，還不如到有機會讓我出場的學校發展，所以我來這裡。」

這類隊員，對於淺川學園棒球隊才剛復活，連一個球員都沒有的狀況反而興奮，他們期待的是「獲得出場的機會」。

也有像一條隼人這種類型。

「老實說，我跟國中的球隊合不來，甚至考慮畢業後放棄棒球算了。偶然間知道這所學校，我想，如果來這裡，說不定可以做些不同的事。」

這類球員雖然有相當的實力，但是跟原來的球隊不合，所以來到這裡。他們對是否要進強校感到猶豫，入學前看到在天空球場舉行的比賽，受到愉快的氣氛吸引，他們期待的是「用跟以往不同的方式打球」。

最後一種，是像國枝宗助這種，在國中時就已經很有名的投手。

「我讀的國中很弱。雖然好像不該這麼說，但總覺得是我在獨撐大局……一開始很不喜歡，後來不知不覺燃起鬥志，覺得『怎樣才能讓這麼弱的隊伍獲勝』很有趣。不過只靠一個人的力量還是有限，這時我讀到《如果杜拉克》，心想或許有用，也正好聽說這所學校棒球隊的指導老師就是《如果杜拉克》的作者。」

他們對管理有興趣，所以進了淺川學園。也就是最符合棒球隊「為了學習管理的組織」定義的球員。

24

這十二名球員加入後，立刻展開模仿練習。而且就像正義所說，只進行這兩項訓練。

正義想徹底執行模仿的訓練，目的包括捨棄舊形式，汰舊換新，進行形式的創新。

他有各種發現。例如每位球員學會新方法的速度，有很大的差別。

好比隼人學會的速度很快。雖然他本來就擅長模仿，但最重要的是他能將肢體運用自如，相當靈敏。因此他在十二名球員中，很快就受到矚目。

槙庸太郎也很擅長學習「型」。只是他並不屬於靈敏的類型，更應該說是笨拙。因此在最早的「型」的練習中，他列入十二人中程度最差的一組。

不過，後來他進步顯著。庸太郎有罕見的「質樸」特質，能夠放下自尊心，很快捨棄舊的模式。所以他雖然學得慢，卻能確實掌握新的「型」。一個月過去，他成為繼隼人之後第二位學會「型」的球員。

相反地，宗助卻意外地陷入困境。因為他在國中時成績顯著，原有的「型」已經發展得很好，難以打破，抹滅過去的習慣很不容易。

除了宗助以外，其他在國中時表現良好、認真打球的球員，都為這樣的練習困惑。反而是像隼人這樣為了求新求變而加入的球員，適應得比較快。

五月中旬的某個星期五，在持續練習「型」的過程中，發生了一件事。真實與小夢在經理會議結束後來到天空球場，看到陌生的景象：十二位球員正在自由揮棒。

真實嚇了一跳，走向球網後方，靠近正在看著球員練習的正義。

「這是怎麼回事？」

正義的表情有點凝重，回答：

「沒什麼，讓大家稍微鬆口氣。」

「鬆口氣？」

「嗯。只有『型』的練習一成不變，球員們覺得乏味，有時候也必須讓他們轉換一下。」

「可是——」真實尖銳地質問：「你這麼說，不就跟之前講的矛盾？」

「咦？」

「之前教練說『在夏季之前不讓他們打球』，以激發球員對打球的渴望？」

「啊，嗯……」

「那不是教練的決定嗎？為什麼要違反呢？」

「咦？啊，嗯……我想太嚴格也不好，這些傢伙看起來累積了相當多壓力。」

「這樣說，會不會只是教練沒辦法貫徹要求的藉口而已？」

聽到這句話，小夢驚訝地看著真實。

真實繼續說：「難道不是因為教練的能力不足，才讓大家無法遵行嗎？你要把責任推到球員身上嗎？」

「……」

「這樣很奇怪吧，真正的問題是，教練遵守不了自己訂下的規矩，球員當然不會跟著做。」

聽她這麼說，連正義也露出驚訝的神色，兩人僵持著互瞪的場面好一會兒。

最後正義開口了：「的確就像妳說的。」

「……」

「是我不對，我承認。我發現球員變得死氣沉沉，對於到底該不該繼續『型』的練習失去了信心，也怕球員們產生懷疑，所以藉著鬆口氣的想法逃避現實。」

「……」

「是我不好，我該反省。以後會確實實行自己的決定。」

真實繼續沉默地看著正義。小夢很擔心接下來的發展，緊張地在一旁觀看，她甚至覺得呼吸困難，頭暈目眩。

但真實卻迅速地鞠躬說：「那就拜託你了。」接著轉身離開球場。小夢慌慌張張地追在後面。

這件事讓小夢察覺到真實的變化，她有時會表現出前所未見的焦慮與怒氣。連帶想到，她有時也會說些很冷漠、彷彿局外人的話。真實好像可以隔離自己的感情。

真實的這些變化，開始於去年底成為總經理之後。改變的原因不久就揭曉了，是真實主動告訴小夢的。

有一天，真實對小夢說：「我想問妳一個問題。」

「嗯？」

「球技好但是不來練球的球員，與球技不好但非常認真練習的球員；這兩種人，比賽時妳會讓誰上場？」

「咦？妳是說誰跟誰？」

「不是啦，不是在說我們球隊，是指一般的情形啦。」

「一般的情形呀……好難喔。不來練習的球員，如果真的很厲害，不讓他上場也不行；就算球技不是很好，只要程度還可以也想派他上場。關鍵是怎麼分配吧，不過我心裡比較偏向有來練習的球員。」

「這樣啊，但其實還有一種選擇。」

「是什麼？」

「就是兩種都不選。」

「啊？」

「兩種都不選，只選擇球技好又認真練球的球員。」

「妳在說什麼？」小夢以驚訝的表情說：「當然，如果有得選就不用傷腦筋，就是因為沒辦法，才會有這個問題不是嗎？」

「不對，」真實搖頭說：「這個問題就像哥倫布立蛋一樣。」

「哥倫布立蛋？」

「就是能不能試著轉換想法。」

「呃……」

「要是妳遇到球技好又認真練球的球員，會無條件支持吧？」

「會。」

「所以，首先要努力讓團隊全由這樣的球員組成，這不就是管理的責任嗎？」

「原來如此。」

「世界上的確有這樣的組織喔。」

「真的嗎？」

「嗯。我是從文乃老師那裡聽來的，有位叫做詹姆．柯林斯的經營管理學者寫的書，裡面有許多這樣的例子。」

「唔，可是……」

「嗯？」

「如果變成這樣的組織，那像我這種只會努力、沒有才能的人，很快就會待不下去了。」

「咦？」真實睜大眼睛問：「什麼意思？」

「如果棒球隊要往這個方向經營的話，像我這種缺乏管理能力的經理，馬上就會被開除了。」

真實皺著眉頭說：「妳在說什麼啊？」

「不是嗎？」

「小夢明明就有管理能力，所以才把人事的重責大任交給妳啊。當然妳也很努力。」

「是這樣嗎？」

「是啊！小夢還是跟以前一樣，不懂得客觀地評估自己，妳太謙虛了啦。」

「妳說謙虛，我真的沒這個意思耶……」

「好啦，那是另一回事。回到原來的話題，我還是會排斥採用不努力的球員。」

「嗯。」

「只要沒有這樣的球員，就根本不必煩惱，對不對？這個問題最終的答案是『煩惱本身就是一個錯誤』，在陷入煩惱之前就要先消滅問題，這樣才對。」

「可是，這樣的話，那些不努力或表現不夠好的人，還有容身之處嗎？」

「這個嘛……我想，不得不說『沒有』呢。」

小夢感到困惑。目前為止，她一直相信人事的職責是「幫助隊員找到充實感」。要是隊員連容身之處都沒有，就不可能感到充實，這不就是人事的失敗嗎？

所以小夢繼續問：

「那麼，真實打算把這支棒球隊，改造成這樣的團隊嗎？」

「與其說『打算』，不如說為了達成目標『不這樣也不行』吧。」

「是喔……」

「不過，實際情況就像小夢說的一樣。」

「咦？」

「就像小夢剛剛說的，如果有得選就不必煩惱了。正因為棒球隊的現狀不是這樣，所以我正在煩惱該怎麼辦。」

話一說完，真實又露出苦笑的表情。

◉第七話

退出球隊

25

六月中旬，夏季大會只剩一個月就要結束了。這時有個變化出現，那就是球員的守備位置決定了。

淺川學園的球員共有十二人，首先決定兩名先發投手與兩名救援投手。

選擇的標準是對「型」的掌握度。因此先發投手是隼人與庸太郎，救援投手是繼這兩人之後掌握「型」的草岡健與大家清史郎。而從國中時就小有名氣的投手宗助，並不在投手名單上。

名單主要由正義與文乃決定，小夢只看到結果，但卻難掩內心的焦慮，一想到宗助就擔心。

「連救援投手都沒選上，他會怎麼想？而且擔任先發投手的人，在國中時只排名第二，甚至是候補，他恐怕會大受打擊吧……」

因此小夢試著找真實商量，看應該怎麼辦。

「妳覺得有什麼是我們能做的嗎？」

真實回答：「只能『聆聽』了吧。」

雖然兩人在四月已經進行過面談，但她們決定再跟球員談一次，想就守備位置的決定詢問他們隱藏的真心話。

她們首先約談宗助，聽到令人意外的話。

「沒事，我反而鬆了一口氣。」

「怎麼說？」

看到真實困惑的表情，宗助笑著說：

「其實我自己也多少感覺到，我控球的方式恐怕到高中就不適用了。」

「為什麼？」

「或許國中時我能獨挑大樑……好像也不能這麼說，反正我依賴手指的技巧已經變成一種習慣，所以球速一直無法提升。」

「原來是這樣啊，雖然專門的部分我不是很懂……可是你不會不甘心嗎？」

「要說完全沒有是假的。不過，我打算接受事實，畢竟我對『型』的掌握比大家慢。不過，我已經掌握了打擊的『型』，現在的目標是擔任野手。幸好我跑得快，應該可以當外野手吧。」

光是宗助表示「為了學習管理而進這所學校」，就表示他能客觀看待球隊，以及自己。所以他能充分掌握自己的狀況，也會自訂找到充實感的方法。以這層意義來說，他是人事最不需要掛心的球員。甚至可以說，要是有他協助，等於獲得最可靠的夥伴。

所以沒多久，宗助就被任命為隊長，成為球員與經理之間的橋樑，也是棒球隊不可或缺的人物。

接下來真實與小夢跟選為先發投手的二人——隼人與庸太郎——面談。他們兩人的反應可說是對比。

隼人對於獲選為投手這件事，態度很積極。

「我現在覺得很有衝勁。」隼人一開口就這麼說：「所謂的『型』既深奧又有趣，我現在是球隊裡掌握得最好的球員，但是實際上還有許多不懂的地方，所以我想繼續學下去。這就是我的想法。」

「對於獲選為先發投手怎麼想？」

「剛聽到時嚇了一跳。不過我很高興。畢竟投手是球隊最受矚目的焦點，我想盡力去做。」

真實聽了，回答：

「我們棒球隊的方針，是建立先發球員輪替制度喔。」

「……是。」

「所以，先發球員並不是『不變的王牌』，包括救援投手在內共有四人，你是其中之一，是這麼一回事喔。我們希望你能以『團隊的一員』的心態來擔任這個角色。」

「那，想問一下，具體要怎麼做？」

「嗯。不要把其他球員當成爭奪先發寶座的競爭對手，而是把他們視為合作的夥伴。例如當庸太郎投球時，就算他投的球被擊出，也不會因為這樣就把他換下來，派同樣是先發投手的你上場。」

「……是。」

「所以我們希望，你從平常練習的時候就不是跟庸太郎競爭，而是在提升他的實力。最好大家互相幫助，讓全體一起進步。這就是『做為團隊的一員』的意思。」

「原來如此，那放心吧，我跟庸太郎本來就會互相討教『型』的練習。」

「咦，你們很要好嗎？」

「應該算是吧，我跟那傢伙很合得來。」

「那太好了。啊，不過，要互相幫助的對象不只庸太郎，還有阿健與清史郎，對明年加入的下一屆學生也一樣。反正，就是讓全體投手分擔任務，形成互相幫助的關係。」

「沒問題！」

隼人這麼說，快活地點點頭。

但另一方面，庸太郎卻露出深思且煩惱的表情。面談時，他一開始就說：

「我很為球隊擔心。」

「什麼意思？」

「怎麼會選我當投手呢？真的沒問題嗎？」

「你在說什麼！難道你不相信教練跟文乃老師嗎？」

「不，不是這個意思……只是，我懷疑讓我當投手對嗎？」

「不管怎樣，你是憑實力選上的，要更有自信。你這麼消極，會給周遭的人添麻煩，何況還有其他球員沒選上。」

「真是抱歉。」

「而且不會讓你一個人獨撐大局的。」

「咦？」

「我們也跟隼人說了，球隊的方針是建立先發投手輪替制度。因為如果成功的話，說不定會引發高校棒球的創新。」

「是。」

「所以重要的是，要讓投手們形成『團隊』，不是靠任何一個人，而是提高每個人的實力。就是這麼回事。」

「原來如此。」

「所以你不是單獨一個人，就算不順利，也會有其他人支援。」

「真的嗎？」

「不過，要是其他人投得不順，你也要幫忙。希望你們能建立互相幫助的關係。」

「原來如此。」

「沒問題吧？」

「我會好好努力，不要拖累大家。」

到面談結束，庸太郎始終是鬱鬱寡歡的表情。

接下來球員們開始依照守備位置練球，投手練習投球，野手練習守備。

他們依然繼續『型』的練習。例如守備練習時，在守備位置上練傳接球的時間，遠多於練習接殺飛球。

而且他們幾乎不練打擊，尤其完全沒有「擊球技巧的練習」，取而代之的是「辨識球的練習」。球員進入打擊區，只是反覆地看著球飛過。

「辨識球」是正義想出的打擊型態之一。所謂打擊，為了讓球強力反彈，正確的揮棒固然重要，但是在揮棒之前，必須先分辨球。

不會看球，就不可能擊中球，揮棒技巧再好也沒用。

因此球員們先進行「鍛鍊眼力的練習」，一直盯著球看，預測球的軌道。在這階段的練習中，一樣採用了知名選手的模式做為「型」，讓這十二名球員模仿大聯盟過去的名將貝瑞．邦茲與德瑞克．基特看球的樣子，進行訓練。

另一方面，小夢與真實的面談仍繼續進行。接下來她們面談的對象是投手之外的球員，好幾個人提到對於打擊很不安。

「我們至今完全沒打過球，這樣真的沒關係嗎？比賽時真的能擊出安打嗎？」

於是真實告訴他們以前從智明那裡聽來的，前棒球選手桑田真澄的例子。

「聽說桑田成為職業選手以後，幾乎不練習打擊。」

「真的嗎？」

「嗯。他還說練傳接球，就是在練打擊。」

「什麼意思？」

「接球，就是仔細看球，用手套接住，沒錯吧？對桑田選手來說，擊球就像把接球的手套改成球棒一樣。所以在傳接球的時候，把注意力放在「仔細看球」與「接住球」，就等於在練打擊。實際上，桑田選手也因此以投手的身分，創下優於一般的打擊成績。」

因此球員們參考這個例子，在傳接球時也努力看球，有意識地想著接住球。

26

轉眼過了一個月，終於到了夏季大會開幕的時候。睽違二十五年才出場的淺川學園，當然不是種子球隊，抽籤之後，從第二輪開始出場比賽。

在首場比賽的前一天，總經理兒玉真實在天空球場舉行的練習後會議，對包括球員在內的全體隊員說：

「終於從明天開始，我們要在夏季大會登場了。不過，我們不必做任何特別的事。因為我們要簡單地開始。杜拉克說——

創新的成功，是由微小而簡單的事開始。（一二七頁）

我們到今天為止，一直在思考如何創新，也採取了許多做法，我想夏季大會正是驗收的場合。我們一定會得到各種結果，當然也包括失敗，不過，失敗將成為今後調整與改變的珍貴參考，所以請大家不要害怕失敗，勇敢行動。甚至可以把失敗當成目標之一，做好心理準備。」

終於迎向第一場球賽。

但這場比賽卻讓淺川學園遇到「預料之外的事」：跟預測的相反，旗開得勝了。第二場比賽以提前結束獲勝。第三場比賽陷入投手戰，最終獲勝。順著這股氣勢，連續突破第四場、第五場比賽，很快打入前八強。

這一連串成功的背後，有好幾個「預料之外的成功」。首先是打線出乎意料地活躍。

目前為止，淺川學園從未進行過任何打擊練習，包括球員在內，誰也沒料到會打出一連串安打。

不過一旦開始就幾乎停不下來。除了因為過去三個月扎實地練習揮棒，還有一個原因是：他們一直沒有擊球，因而感到飢渴；也就是正義說的「湯姆・沙耶刷油漆」效應。

而且，淺川學園的球員多半在國中時只是候補球員，為了爭取上場機會而進入這所學校，渴望在球賽表現。因此，打線爆發潛力。

尤其在面對二線投手時，表現出的破壞力相當驚人。因為善於辨識球與穩定的揮棒，降低了揮棒落空的機率，能夠確實掌握對的球路。

相反地，面臨一線投手就施展不開，例如球速快的球與凌厲的變化球等，這些高難度的球讓他們很難出手。

這時「實力的差別」就呈現出來了。淺川學園經過重重練習塑造出打擊的「型」，面對勢均力敵的對手時能夠展現威力，但遇到實力強大的對手就顯得不足。

這項「面對一流投手時很弱」的特徵，後來成為淺川學園打擊陣容的課題之一。

另一方面，隼人與庸太郎兩位先發投手也同樣活躍，尤其是第二位上場的庸太郎展現出優異的控球。

第一場比賽，淺川學園由隼人擔任先發投手，大獲全勝。第三場比賽，陷入打擊苦戰，他們被對方王牌投手的快速球牽制，吃足苦頭，很快就顯露出對一流投手不知如何是好的一面。

不過，淺川學園的先發投手庸太郎也沒有讓對方得分。控球很成功，完全沒有保送，到了第九局依然保持零比零。

第九局時，由於對手的失誤，淺川學園終於獲得一分，贏得勝利。

庸太郎第二次站上投手板，是在第五場球賽。他的表現相當精采，完全沒讓對手踏上三壘，連續在兩場比賽達成完封。

這場比賽的對手是曾在甲子園出場多次的強校，每個人都認為應該會輸，因此庸太郎的表現令人印象深刻。

比賽結束後，許多記者及攝影師包圍淺川學園隊伍，圍著教練正義與立下大功的庸太郎提出一連串問題。相關報導不但出現在第二天的報紙地方版，也刊登在發行全國的運動報上。

這兩位先發投手的活躍，與其說是「湯姆．沙耶刷油漆」的效應，不如說是正義規畫的模仿練習奏效。他們兩人以活躍於大聯盟的投手上原浩治的球路為「型」，徹底模仿，達成創新。

他們達成的創新是控球力戲劇性地提升。上原投手最大的特徵就是擅於控球，由於以他的模式為「型」，兩人的控球力也突飛猛晉。

控球改善，會帶來許多好處。

首先，投球數減少，可以保留體力。另外，因為四壞球或觸身球減少，讓對手得分的機率也降低。還有一點是，在後方守備的野手能掌握節奏，不但守備力變強，打擊力也提升。

像這樣，改善控球有一舉數得的效果，也是一種創意。

淺川學園直接打入前八強，半準決賽的對手是去年度西東京的代表校，曾二度贏得全國冠軍的私立瀧宮高校。

瀧宮高校今年獲選為第一種子球隊，可說是最有希望贏得冠軍的隊伍。對淺川學園而言，從去年起就讓瀧宮高校多次使用球場舉行練習賽，算是多少有點淵源的對手。

對這場比賽最高興的是淺川學園的經理們。能夠在淘汰賽中進階到這麼高的等級，就是出借球場的最好回報。

對淺川學園的經理們來說，這場球賽的勝負不是重點。相形之下，以目前為止達成的創新模式來跟前年的冠軍對決，正是測試成果的絕佳機會。

這場球賽，一定能得到各種經驗與資訊，這些都將成為今後創新的珍貴資料。也就是說，他們把比賽本身當成重大的機會。

比賽開始前，由於庸太郎的優異表現被媒體大幅報導，許多觀眾前來觀賽，做為球賽舞台的神宮球場內野席幾乎全滿。擠滿現場的觀眾就跟淺川學園的經理一樣，打從心底期待著這場比賽。

這時又發生了預料之外的事。先發的王牌投手隼人，在比賽當天早上忽然說沒辦法投球，因為「肚子痛」。

這場比賽的時間是早上八點半。淺川學園棒球隊早上六點在學校正門前集合，搭小巴士前往球場，車程大約是一小時。

但小夢跟其他幾位經理為了預防萬一，在五點半先集合。萬一發生什麼狀況，可以提早應變。

小夢凌晨四點就起床了，因為太過緊張而醒來，幾乎沒什麼睡。她醒來後沒多久，夏至剛過的天色還只是微微透亮，等她出門時已經完全亮了。小夢走在夏季朝陽下，幾乎不見人跡的淺川堤道，腦海裡想著關於今天比賽的種種。

於是，她比約定的時間早十五分鐘到達學校，時間是五點十五分，這時其他人還沒到。沒多久，經理們陸續到齊，接著指導老師文乃，以及球員、教練都來了。到了集合時間的早上六點，小巴士抵達，在淺川水面反射的燦爛朝陽照耀下，準備出發。

可是這個時候，擔任先發投手的隼人還沒來，而時間已經過了六點。

小夢慌慌張張地打電話給隼人。他常遲到，晚出現並不稀奇，只是這種時候不能悠哉地等他來。

但隼人沒接電話。小夢愈來愈不安，五分鐘後，終於看到他從車站的方向沿著堤道走來。

小夢忍不住跑到隼人身旁，說：「隼人早！怎麼了？沒事吧？」

小夢猜想隼人應該是緊張得睡不著，最後爬不起來而遲到，所以這樣問。沒想到聽到令人意外的回答。

「啊……正好，我有話想跟妳說。」

小夢心裡出現了不好的預感，因為隼人平常不會這樣講話。

「什麼？怎麼了？」

聽到小夢這麼問，隼人抱著腹部回答：

「其實，我今天早上一直肚子痛……」

「啊？」

「所以，我今天恐怕不能投了。」

「啊！」

小夢的腦中一片空白，完全不知道該怎麼辦。

她只知道要先向真實報告，便轉身跑向真實，將從隼人那裡聽到的話告訴她。

但這時，她才真正遇到作夢也想不到的狀況。她轉達完隼人的話之後，真實盛怒了。

27

真實盛怒。

她一聽到小夢轉述的話，就直接走向抱著腹部的隼人，定定地看著他，以低沉的聲音說：「既然你說今天沒辦法投球，請立刻退出棒球隊。」

小夢聽了非常驚訝，第一次看到真實這麼生氣。

其他隊員也是。真實的樣子看起來不是普通生氣，大家都不敢出聲，校門前一片沉默。

隼人開口打破了沉默：

「這是……什麼意思？」

她暫時沒說話。小夢看向不作聲的真實，嚇了一跳，因為她滿臉通紅。

真實努力抑制怒氣，因為強忍所以臉漲成紅色，小夢一看就明白。

但是小夢不明白真實為什麼這麼生氣。她慌張地跑向她，把手搭在她的肩上說：

「真實，妳怎麼了？」

或許因為這個動作，使得真實怒目看著隼人，說：

「我們棒球隊的目標是達成創新，所以失敗非常重要，這件事不是已經說過很多次了嗎？」

聽到她的質問，隼人雖然困惑，還是點點頭，說：

「咦？喔，是……」

「既然這樣，為什麼要放棄投球？」

「咦？」

「你不上場投球，就失去了寶貴的失敗機會，這樣豈不就沒辦法獲得經驗或資訊了嗎？」

真實停了一口氣，又繼續說：

「也就是說，你這樣給棒球隊帶來很大的困擾，不是嗎？」

隼人以困惑的表情回答：

「是嗎？可是，狀況不佳還上場，會給大家添更多麻煩吧。」

「啊?!」

「在棒球賽——應該說所有的運動比賽中，讓狀況好的球員上場很正常吧？我今天身體不舒服，沒辦法好好控球。就算不是這樣，庸太郎現在狀況正好，而且對手是瀧宮高校，如果想贏，不，應該說想好好比賽的話，依照一般常識，除了讓他上場以外，沒有別的選擇了吧？」

真實聽到這段話，驚訝地看著隼人好一陣子。

接著，她靜靜地搖頭說：

「你什麼都不懂。你今天來這裡，只是為了說這些嗎？我們就是為了打破你所說的『常識』，才一路走到這裡。建立先發投手輪替制不也是脫離常規，想要改變高校棒球界嗎？所以不管發生任何驚天動地的事都不能讓庸太郎上場，你明白嗎？」

聽到這些話的隼人，困惑的表情絲毫未減。因此真實再度說：

「你不適合這支棒球隊，還是退出好了。」

這時，因為擔心而靠近的洋子說：

「可是，身體不舒服是沒辦法的事呀。庸太郎能不能投是另外一回事，隼人的先發一定要讓別人代投才行。」

「不對。」真實看也不看說話的洋子，盯著隼人繼續說：

「這不是球員有沒有生病的問題，這關係到經理人的品格是不是正直。」

她看著洋子說：

「柯林斯說人才並不是最重要的資產，適當的人才才是最重要的資產。也就是說，不適合的人應該離開這輛巴士。」

她再次看向隼人，繼續說：

「我現在充分了解柯林斯的意思了，不適當的人才會讓創新失敗，讓大家的努力在瞬間歸零。所以，他不投球沒關係，不上車也無所謂，以後他跟棒球隊再也沒有任何關係。」

這時，庸太郎小心翼翼地說：

「如果要我上場，沒問題，我可以投。既然隼人身體不舒服，我想隊友應該協助。」

真實對他的話不予理會，但是臉上的表情愈來愈絕望，除了嘆氣，肩膀也下垂了。

就在這時，小夢忽然開口：

「各位！」

大家都詫異地看著小夢，只有真實沒有反應，繼續垂著頭。

小夢往下說：「這……難道不也是一種『預料之外的狀況』嗎？」

「咦？」洋子表示疑惑。

小夢看著洋子，繼續說：「因為，誰也沒想到會發生這樣的事吧？隼人竟然肚子痛不能投球，而且真實這麼生氣……」

小夢說到這裡偷偷看了一下真實的表情，但真實依然只朝下看，所以小夢繼續說：

「我們難道不能把這些狀況當成創新的機會嗎？例如『失敗很重要』這句話，雖然已經說了很多遍，但是還沒有深入每個成員的內心——我們現在不就了解到這一點了嗎？光是這樣，我認為就是一種收穫。」

接下來，她朝向大家說：

「而且，這也可以說是我們經理團隊的失敗。」

「啊？」洋子再次表示不解。

小夢解釋：「棒球隊的定義也好、創新的目標也好、面對失敗的思考也好，包括沒有對隼人與庸太郎傳達清楚，這些都可以當做是我們經理的失敗。比起要不要退出球隊，大家不是更應該思考如何利用這些失敗嗎？當然，在比賽中失敗是寶貴的經驗，但在比賽前發生這樣的狀況，應該也有它的意義。」

聽完她的話，大家再度沉默。

正義與文乃一直沒有說什麼。兩人不插嘴，只在一旁看著事態的發展。

真實終於抬起頭，對小夢說：

「小夢──」

「嗯？」

「妳說的對。」

「咦？」

「妳說的對，妳的話很有道理，我同意。」

「那麼──」小夢正想說下去，真實卻打斷她，說：

「所以，我決定退出。」

「啊？」

「搞不清楚狀況的人是我，差點把創新搞砸的也是我，我就是那個不適合的人。」

「呃……」

「應該下車的人是我，從現在起，我不再是經理了。」

話一說完，真實就直奔堤道，朝車站方向去，迅速遠離大家。

洋子跟五月趕緊追上前去，但兩人都沒追到。這也難怪，真實在國中時是田徑隊的長跑健將，雖然已經退出一段時間，腳力還是很好。

小夢動彈不得，錯愕地楞在原地。

28

結果，半準決賽時，真實與隼人都沒有出席，隼人因為腹痛回家了。

比賽由救援投手草岡健擔任先發，但連連被擊出安打，換手後另一位救援投手大家清史郎也無法阻擋攻勢，到第五局已經讓對方得了十分。

另一方面，瀧宮高校的二年級王牌投手浦島幸太郎，未來很有機會成為職棒選手，不要說得分，打者在他面前連一支安打都擊不出去。比賽在第五局提前結束，輸了。

雖然淺川學園輸得很慘，但由一年級生打進前八強，觀眾仍對他們報以熱烈的掌聲。然而，賽後隊員的心情都不好，賽前的突發狀況在大家心中留下了陰影。

這道陰影的影響，維持得比預期久。

真實真的再也不來棒球隊了。一放學，她就迅速收好東西，立刻回家。因此，小夢又開始透過教室窗戶目送她的背影離去。

看著真實回家，小夢無數次自問：「為什麼事情會變成這樣？」或是自言自語：「我只是想維繫跟真實的友誼而已……」

真實逼隼人退出時，小夢會插嘴，是因為想幫她圓場。她擔心真實可能說得太過了，忍不住脫口而出。

但反而讓真實不高興，甚至促使她離開棒球隊，演變成最糟糕的狀況。

小夢因此開始厭惡自己，多次想過乾脆也離開棒球隊好了。真實不在，繼續留下來也沒什麼意義。

但她卻無法下定決心。除了現在退出顯得太沒有責任感之外，這樣離開，真實應該也不會高興吧。

真實有非常實事求事的一面。朋友跟著自己退出棒球隊，恐怕會給她帶來壓力。

所以小夢遲遲無法決定，到底要留還是要走，陷於兩難，苦惱得不得了。

不但如此，小夢還有另一個煩惱，就是隼人。隼人跟真實一樣，自從半準決賽那天早上後就再也沒有出現。

他的朋友庸太郎已經數次勸他來練球，但一直得不到肯定的答覆，時間就這樣過去。

小夢負責人事，曾經想過直接找隼人談，但是隼人一直躲著她，完全沒有機會。很快地兩個星期過去了，夏季地區預賽已經結束，瀧宮高校確定連續兩年進入甲子園。學校也開始放暑假，棒球隊借用校舍展開集訓。

這一天，指導老師文乃有事找小夢，於是小夢來到教職員辦公室旁的會客室。一進門，文乃就開門見山地說：

「我想跟妳談兒玉同學的事。」

「是。」

「她不來棒球隊，大概有多久了？」

「兩個禮拜。」

「這樣……那，球隊這邊呢？」

「嗯？」

「在管理方面，有沒有發生什麼問題？」

「我想一下……」

小夢稍微思考之後這樣回答：

「當然，氣氛不會很愉快，不過倒沒有發生什麼實際上的問題。」

「這樣嗎？」

「嗯，其實我們在之前的經理會議也討論過，真實不來以後，出現了哪些問題，最後得到『雖然很令人驚訝，但沒有任何問題』的結論。」

「咦……怎麼會這樣？」

「真實不在，但因為經理與球員都知道自己該做的事，照常進行，所以球隊繼續運作著。」

「嗯，有意思。」文乃點頭，說：「杜拉克說『管理的條件』之一就是：就算經理人不在，組織仍能持續運作。」

一如許多企業常發生的現象，或像史達林死後俄國的狀況，優秀的領導者明白，如果自己退任或死亡後組織因而崩壞，是很可恥的事。（《專業的條件》一八六頁）

對於這一點，小夢回答：

「原來如此……從這個角度來說，真實的確是位優秀的經理人。我本來以為真實不在，棒球隊就要完了，結果卻不是……」

「這樣很好。」

「但我覺得很寂寞，老師——」

「嗯？」

「管理，也是為人創造充實感的工作，是不是？」

「是呀。」

「可是剛才杜拉克的那句話，不就等於在說，『讓自己失去充實感』是管理的條件之一嗎？」

「為什麼？」

「因為，如果做到『就算自己不在，組織也可以持續運作』，自己就失去依歸，也不可能有充實感了，不是嗎？」

「的確！岡野同學，妳說了很有意思的話呢。這不是『創新的兩難』，而是

『管理的兩難』啊……如果寫成書，說不定會暢銷。」

文乃這麼說，打開攜帶的筆記本，興奮地寫著什麼。

小夢以沮喪的聲音繼續說：

「不，這樣一點意思也沒有——」

「嗯？」

「沒有比這更悲哀的了吧。就像《哭泣的紅鬼》一樣，青鬼為了紅鬼與人類的友情而犧牲掉自己的友誼，真實也為了大家，犧牲了自己的充實感……」

文乃慌張地把筆記本闔起來，對小夢說：

「對，對呀，就像岡野同學所說，管理在本質上恐怕是悲哀的工作。」

「……」

「所以杜拉克才會反覆提出經理人需要正直的品格，因為這樣的工作只有正直的人能勝任。」

「這樣的話，」小夢說：「我有問題。」

「什麼？」

「老師在《如果杜拉克》裡講到，杜拉克說，正直的品格是學不來的。那麼，天生缺乏正直品格的人就不應該當經理，對嗎？」

「這個問題很難回答……」文乃想了一會兒之後，又說：

「從某個角度來說，或許是這樣沒錯，但是不是真的很正直，我想實際上誰也不能判斷。例如岡野同學，妳是不是天生就有正直的品格，有人能論定嗎？」

聽到這段話，小夢思考了一下，回答：

「不，我想沒辦法。」

「是呀，所以現在乍看缺乏正直品格的人也許只是隱藏自己，有一天說不定會展現出來，所以……」

「？」

「只能相信對方，盡力去做吧。」

「確實是這樣。」

「不過，岡野同學，今天我有件事要拜託妳。」

「什麼？」

「我希望妳接替兒玉同學，帶領經理團隊。」

「啊？」

◉第八話

成長

29

面對驚訝的小夢，文乃說：「其實我昨天跟兒玉同學談過了。」

小夢又嚇了一跳：「真的？」

「嗯。本來想只在旁看著，後來發現這樣下去不行，所以問她要不要回棒球隊。」

「她說了什麼？」

「兒玉同學回答：『人是有骨氣的。』」

「骨氣？」

「嗯。意思是人有絕對不能扭曲的信念，她以『骨氣』這個詞來表達，對她來說那就是正直。她說對於自己認為正確的事，無論如何都不能背棄。」

「原來如此。」

「她國中時也因為這樣退出田徑隊。」

「這樣啊……她有時候真的很固執。」

「不過，兒玉同學比我想像中冷靜。」

「真的嗎？」

「嗯，她說以前就想過，自己其實不適合當經理。」

「咦？」

「她說心裡一直有『應該要這樣才正確』的標準，無論如何都不能容許別人偏離。所以無法從顧客的角度出發。」

「……」

「她說，雖然一直瞞著大家，其實之前曾因為一件事情緒失控，所以一直在找卸下職務的時機，本來就打算在夏季大會結束後交出棒子。」

聽到這段話，小夢彷彿受到刺激，說：「怎麼會？我……竟然完全沒察覺。」

小夢忽然想到，目前為止，自己從來沒想過真實的充實感從哪裡來，甚至不曾為她擔心過。

於是她楞住了，為什麼一直沒發現這麼重要的事。她強烈自責。

「我從來沒有想過真實的心情，以為真實一定很有充實感。我太高估她了，認定她是創造充實感的人，不需要別人提供她什麼……」

但事實卻相反，真實不知不覺陷入自己不適合當經理的苦惱，她沒有告訴任何人，默默在棒球隊中失去了位置。

小夢雙手抱頭，深深哀嘆，覺得自己所做的事全都失去了意義，周身被不知如何是好的虛無包圍。

文乃看到小夢的樣子，說：「我很能明白兒玉同學的心情。」

「嗯？」

「我也有過類似的苦惱。」

「真的嗎？」

「我高中時也當過經理，因為隊員無法成長而煩惱。」

「……是。」

「當時我想，『管理』與『教育』其實是相反的。」

「管理與教育相……反？」

「嗯。『管理』是不著眼於弱點，藉組團隊之力截長補短。『教育』是關注弱點，試著克服。而『成長』，不只是發揮長處，也包括克服弱點。所以我想，管理跟教育恐怕是相反的。」

「原來如此……」

「我也想到，員工都是大人的營利企業多半只重管理，不進行教育，但又追求成長，於是就像柯林斯所說，不適任的人下車也沒關係。」

「……是。」

「不過，這的確不能用在高中棒球隊。高中棒球隊少了教育是不行的。有弱點就必須設法克服，才能促使大家成長。」

「是。」

「所以，不適合的隊員也不可以讓他下車，不能捨棄他們。」

「原來如此。」

「我高中時因為這樣吃了很多苦，不知道怎樣才能讓大家成長，徹底失敗。」

「那——」小夢說：「真實也是因為這樣而痛苦嗎？她是因為無法讓大家成長而退出嗎？」

「與其說無法讓大家成長，更像是無法教育大家吧。例如有人犯錯，也不想叫對方改正；不，是說不出口。所以杜拉克在《管理》裡有寫——」

著眼於缺點多於長處的人，不可任命為經理。只注意到做不好的部分，無視於

成果的人，終究會使團隊的士氣低落。（《創新與企業家精神（菁華版）》一四七頁）

「她不是到最後都試著努力管理嗎？我想她是因為到了極限，才決定離開。」

「原來……」小夢把手臂交叉在胸前，思考了一會兒，抬起頭說：「那如果我們著眼於教育，她就會回棒球隊吧？」

文乃邊想邊說：「這就不知道了。不過，她大概不想當經理了吧。我也覺得她有不適合當經理的地方……」

「是嗎？」

「嗯。這讓我想起自己的學姐小南，我在《如果杜拉克》有提到，她非常擅長讓人進步。在她的幫助下，包括我在內，許多隊員都獲得成長。」

「咦！」

「不只是隊員，甚至連教練也不一樣了喔。」

「竟然會這樣！她到底用什麼方法教育大家？」

「嗯，說起來有點矛盾，她沒有教育大家。」

「什麼意思？」

「她不著眼於別人的缺點。不，應該說她本來就不在意別人的缺點，那是她的個性。」

「喔。」

「她不碰觸缺點，專注在人的長處。我想，這樣反而讓大家因為自己的缺點而內疚，下定決心克服，因而成長。」

「咦——」

「不論我自己或是兒玉同學，總是會在意別人的缺點，這樣的人或許不適合當經理。」

「原來如此……不過，為什麼不碰觸缺點，反而會讓人內疚？大家為什麼會想進步？」

「或許是因為……看到她的背影吧。」

「背影？」

「嗯。大家看到小南當經理時的背影，被她的努力打動，所以自己非改變不可。應該是這樣吧。」

「這樣啊。」

「就這層意義來說，岡野同學——」

「是？」

「我覺得妳適合當經理。」

「咦！為什麼？」

「因為剛才說的『不介意他人缺點』這個特質。如果不是自然而然地做到這一點，我想很難當經理。」

「不介意……因為我自己的缺點很多，沒資格在意別人，只是這樣而已啊！」

「這就是妳跟小南相同的地方，都很努力。」

「不——」小夢搖頭說：「我只是一心想讓真實高興而已，沒什麼可誇獎的。」

「既然這樣，」文乃身體前傾，說：「這也是為了兒玉同學，要不要試試看？」

「什麼意思？」

「我希望妳重新為兒玉同學創造充實感。」

「啊？」

「由妳領導經理團隊來實現這件事。我希望岡野同學除了目前負責的人事以外，同時兼任總經理。」

最後小夢接受了這個提議，為了真實，她不能不答應。

30

於是小夢成為經理團隊的領導者。到了這時，她仍然想不透為什麼會變成這樣？

本來是因為真實邀約，小夢才加入棒球隊，人事的工作也是因為真實拜託才答應。

但不知道怎麼回事，自己竟然變成責任最重的總經理，而且這時候的棒球隊，人數又比重新出發時增加許多。

這樣的組織究竟要怎麼管理，小夢一點概念也沒有。過去感到迷惘的時候，只要跟真實討論就知道方向，現在已經不能問她了。

這時，小夢為自己「缺乏企業家精神」苦惱不已。

小夢本來就對進行新事物、從中發現價值沒有太大的熱情；對於領導棒球隊、推展新事業也沒什麼動力。

這麼一來，小夢能做的事只有一件：繼續一直以來做的事。這算不上企業家精神，或許也不值得讚許，不過幸好文乃說可以繼續做人事工作。

因此小夢決定重新跟棒球隊成員面談。只是這次真實不在，必須自己來。

對於面談，她多少還是覺得不安，但想再多也不能改善狀況，所以她決定不要多想，直接進行。

小夢決定先從總教練正義開始，想問他關於隼人的事。

「你覺得要怎麼做，隼人才會回到棒球隊？」

聽到小夢這麼問，正義雙手抱胸，回答：

「那傢伙的個性，本來就是喜歡做自己得意的事，不想碰不擅長的事。」

「所以……怎麼辦呢？」

「還有，他自尊心強，不想讓周遭人看到自己表現不好的一面。」

「這樣啊……」

「嗯。我之前正好有個機會，跟那傢伙國中時的教練聊了一下。據說他遇到麻煩就不去練習，尤其是鍛鍊體力的練習，他常說自己肚子痛請假。」

「……」

「所以我本來想之後要好好磨練他。我原就打算秋天開始進行正式訓練，身為投手，當然少不了要跑步鍛鍊下盤。」

「說的也是。那麼，教練——」

「嗯？」

「像隼人同學這樣的個性，有沒有什麼好辦法讓他回來？應該怎麼說服他？」

「說服呀……要討厭跑步的人去練跑，真的很難。」

「這樣啊。」

「對啊。『跑步』原本就有透過辛苦過程鍛鍊身心的性質，如果不能試著去喜歡吃力的事，就無法持續。」

「原來如此……啊！所以教練你喜歡跑步。」

「咦？」

「呃，沒事。」

「哎呀，重點是，那傢伙恐怕不想跑步。」

「說的也是。」

「不過——」

「嗯？」

「說到說服，之前我在《魔法的說服術》裡看到一種方法。」

「是什麼？」

「好比說，有兩個委託人去拜託手藝很好的木工，其中一人說：『不管要多少報酬我都付，請幫我蓋房子。』另一人說：『雖然我拿不出那麼多錢，但是全世界只有你能蓋這棟房子，請你幫忙。』」

「嗯。」

「最後這位手藝很好的木工，接受了那位說『世界上只有你能做』的人的委託。」

「咦！為什麼？」

「人一聽到『只有你能做』多半會被打動，產生捨我其誰的念頭。相反地，如果被說『可以取代你的人很多』，再優秀的人也會失去鬥志。」

「原來如此。」

「所以，如果對隼人說『只有你能勝任投手』，他說不定會回來。」

「的確！」

「不過，我們隊的目標是確立先發投手輪替制度，這個方法恐怕不能用。」

「……也是。」

最終，小夢最後沒有從正義那裡獲得找回隼人的靈感。

儘管如此，她並不氣餒，繼續面談。這次她找的是擔任企畫工作的柿谷洋子，想問問有沒有創新的機會。

洋子說：「我最近在想一件事。」

「什麼？」

「增加經理的人數。」

「啊？」

「讓球員擁有自己專屬的經理——如果擴編到這種程度好像也不錯？」

聽到這句話，小夢大吃一驚：「啊，這我之前也想過！」

「真的？」

「嗯。如果想要好好照顧球員，我想應該要做到這種程度。不過當時我覺得不切實際，就沒有再想下去。」

「的確有點大費周章，這樣就不是『從小規模開始』了。」

小夢試著再問：「洋子怎麼會想到這個呢？」

「因為……幾年前甲子園不是傳出『飯糰經理』事件，引起議論？」

「咦？啊，棒球隊的女子經理們為球員們捏了兩萬個飯糰，導致球隊遭受抨擊，說差別待遇，讓她們做太多無關緊要的雜事，等於是壓榨。」

「沒錯，不過我認為『差別待遇』並不正確。」

「為什麼？」

「因為捏飯糰也很有意義呀。如果當事人覺得有充實感，做得很自豪，那就不是『無關緊要的雜事』了。」

「沒錯。」

「所以我想，問題恐怕出在製作的數量。」

「妳是說兩萬個嗎？」

「因為人數很少卻要大量製作，就會形成『虐待』的印象。如果人數適當一點，我想就不會受到這樣的批評了。」

「對喔……」

「我之前想過，例如球隊有一百名球員，但經理只有三人，比例就不對。」

「的確，我們隊裡的經理已經明顯比其他學校多，有時候還是覺得人力不足。」

「沒錯！」洋子展現出積極的態度：「所以我認真地想過，要讓球員擁有自己專屬的經理。藉著這樣的做法，就像小夢說的，可以讓每位球員受到妥善的照顧，擁有充實感。問題是，如何讓這個想法從小規模開始。」

「原來如此。」

談到最後，仍然沒有想出可行的做法，但小夢覺得深受啟發。

31

面談繼續進行著，接下來是跟負責經營策略的經理木內智明談話。

智明一開始就說：「真是太巧了！」

「咦？」

「我有件事想拜託妳。」

「什麼？」

總是悠哉游哉的智明難得會這麼說，所以小夢全神貫注地等著他說下去。

智明說：「有樣東西希望妳同意購買。」

「買什麼？」

「發球機。」

「發球機，學校不是有嗎？」

淺川學園有過去棒球隊留下的發球機。雖然是三十年前買的舊機種，但因為很少使用，維修之後還能用。

智明露出想笑的表情，說：「不要那麼舊的，現在有更新更好的了。」

「『更好』是指？」

「給妳看這個——」智明拿出準備好的資料，開始說明。

「這台發球機叫做 Top Gun。」

「Top Gun？」

「是的。這台機器跟目前的機種不一樣，能投出叉指球與變速球！」

「唔……能投這種球又有什麼不同？」

「妳聽好喔，」智明這次微笑著說：「我照真實之前說的，研究了高中棒球的歷史。她說希望我從中找出產業結構的變化，這跟創新有關。」

「嗯。我當時在場，所以知道。」

「啊，對喔。然後，我最近找到了喔。」

「喔！」

「我找到棒球界很重大的一項『產業結構的變化』。」

「好厲害！是什麼？」

「那其實不是高中棒球而是職棒界的現象，最近，投手的最優秀防禦率[1]減低了。」

「最優秀防禦率？」

「對。在二〇〇〇年以前，二點幾的防禦率還很常見，可是大約從十年前開始，已經降到一點幾了。」

「咦！意思是從對打者有利，又恢復到對投手有利的狀況嗎？」

「不，平均防禦率沒這麼厲害，只有排名前面的投手防禦率減低。」

「為什麼？」

「我研究過了，因為排名前面的投手幾乎都擅長投變化球，包括叉指球與變速

---

1 防禦率指投手平均每場球所失的自責分，失分愈少防禦率愈低，實力愈佳。

球等下墜球。」

「嗯。」

「這種下墜球有一個特徵。」

「是？」

「就是以前的發球機投不出來。」

「咦！」

「也就是說，打者沒辦法練習打這種球。」

「原來如此！所以投手的防禦率才會下降。」

「沒錯！於是我想，只要有能投這種球的Top Gun，就可以在高中棒球界引發創新。」

「嗯，這就是杜拉克說的『活用新知識』。」

杜拉克將創新的第七個機會，也就是最後一個列為「活用新知識」。

在書中，杜拉克這樣解釋：

以新知識為基礎引發的創新，可說是企業家精神的超級明星，立刻就會成名，

也會帶來財富。這也是一般定義的創新。（七八頁）

不過他同時也這麼說：

新知識引發的創新，有著跟他種創新很不同的基本特質，包括前置時間長短、失敗機率、不確定性、附帶問題等。而且就像大多數明星一樣，變化無常，難以管理。（七八頁）

因此小夢詢問智明：「買這台Top Gun來練習，我們就能打中下墜球，對吧？可是高中棒球隊裡應該沒有擅長投下墜球的投手吧？即使在職棒界，也只有頂尖的投手才會投，所以，練到能擊中這種球真的有意義嗎？而且就像杜拉克說的，到看見成果為止要花很多時間，所以要不要等高中生普遍會投下墜球時再說？」

智明微笑著說：「不愧是小夢，很清楚狀況嘛。」

「咦？」

「情況確實就像妳說的，所以我不是為了訓練打者而買。」

「啊？那你為什麼要買？」

「我想用來訓練投手！」

「投手？」

「嗯，這其實不是創新的第七個機會『活用新知識』，而是根據第六個機會『掌握認知的變化』所想出來的計畫。」

「咦？」

「對於『掌握認知的變化』這一點，杜拉克這麼說——」

杯子「半滿」或「半空」的容量都一樣，但意義卻完全不同，採取的行動也不一樣。將世人所認知的「半滿」轉變為「半空」時，創新的機會就誕生了。（七〇頁）

「換句話說，」智明繼續說：「用Top Gun不是為了練打，而是為了練投。像這樣運用認知的變化，創新的機會就會誕生。」

「那是……什麼樣的機會？」

「嗯，」智明面露微笑，說：「以前，《niconico生放送》節目轉播過『電戰王』

將棋對決，由專業棋士跟電腦下棋。」

「啊，我知道。電腦贏了，還引起討論。」

「呃，有趣的是棋士們的話。」

「喔？他們說了什麼？」

「棋士們說：『因為電腦，將棋以後將會再進化吧。』」

「咦！為什麼？」

「在對戰中，電腦使出人類意想不到的棋步，所以贏了。看到的棋士們就研究棋譜，發現有些步驟人類也用得上，於是人類的棋步就變得更豐富。」

「有意思。做為下棋對象的電腦不是敵人，而是幫助成長的工具。」

「真的！我想這就是利用『認知的變化』形成的創新，將棋界從『電王戰』找出創新的契機。」

「原來如此！」

「所以，我想利用這台Top Gun，在棒球界引發創新。」

32

聽到智明這麼說，小夢問：「實際上要怎麼用呢？」

「好，這台Top Gun能投出人類絕對投不出的球，例如時速二百公里的水平外曲球，或是時速一五〇公里的指叉球。」

「喔。」

「也就是說，跟電腦下將棋一樣，發球機可以投出超過人類想像的球。」

「嗯嗯。」

「所以，研究這些球路，讓投手學會怎麼投，不就可以引發創新了嗎？就像將棋的棋手與電腦下棋，發現了新的下法，我們也可以跟Top Gun練球，開發新的變化球。我想進行這樣的嘗試。」

「原來如此，有意思！」

於是棒球隊很快採購了Top Gun。淺川學園在夏季大會打進前八強後，收到許多贊助款，因此目前的資金相當充足。

這些錢是以前棒球隊的學長們捐贈的。他們在過去長達二十五年的時間裡，一直為所屬的球隊停止運作而遺憾，所以對於球隊不但復活，還打進地區大會前八強，喜出望外。

他們以捐款的方式表達喜悅的心情。這對棒球隊來說，也是一種「預料之外的成功」。

小夢繼續進行面談。這次是跟擔任球場整備的松葉楓談話，想問她關於球場整備，有沒有什麼創新的機會。

楓以「這跟創新或許沒什麼關係」為開頭，表達倦怠。

「其實，最近我覺得一成不變。」

「一成不變……嗎？」

「每天重複同樣的事，我們已經膩了。如果沒有發展性，就不會讓人覺得有趣。」

「也是。」

「還記得之前洋子提到飯糰經理的例子嗎？我想那也因為一直重複捏飯糰，讓人覺得很厭倦，才會引發不滿。」

「嗯……」小夢胸前交叉著手臂思考著，說：「應該怎麼做，才能避免士氣低落呢？」

楓以「這還不簡單」的表情說：「只要加入一點變化就好啦。」

「變化？」

「嗯。進一步說，就是『新事物』，或者說『新知識』也可以。例如要整備球場，其實還有這種方法、還有那些資訊等等，只要能讓人成長就可以。只要有這些，就不會一成不變。」

「原來如此。」

「對我來說，這跟園藝的道理相同。花草不會以同樣的方式生長，總是會讓人有新發現，很有意思。所以，只要別讓人感覺一成不變就好。」

「這麼說來，必須讓人感受到整備球場這件事的豐富性。」

因為這樣，小夢委託接手對外聯繫的五月，邀請整備球場的專業人士來學校演講。聽了專業人士的分享，整備組應該會獲得新的知識與技術。

五月試著邀請專門為職棒界整備球場的業者，沒想到對方立刻就答應了。

小夢於是想起以前從文乃那裡聽到的「指導本身也是一種收穫」，教學也會為指導者帶來好處。

她覺得只讓整備組聽太可惜了，包括球員在內，決定讓棒球隊所有成員一起來聽。

沒想到，意外地讓球員們有所收穫。那就是：整備的第一目的是預防球場走樣，所以球員最好也主動幫忙維護。職業棒球界就這麼做。

因此，球隊讓球員加入維護工作，一邊比賽一邊整備，列為例行公事。

自此之後，淺川學園棒球隊的球員們，在球賽中頻繁出現整備球場的動作。這個特別的舉動引發了話題，很多人在討論。棒球隊這麼做原本是為了自己，沒想到又獲得出乎意料的成功。

這時候，負責對外聯繫的五月跟小夢說：

「其實，夏季大會結束後，我跟瀧宮高校的經理有些互動。」

「咦！」

瀧宮高校在今年的夏季甲子園已連續第二年出場，是西東京代表性的強校。這所學校跟淺川學園很有緣。除了去年多次提供天空球場讓他們使用，又在夏季大會跟他們對決。

五月在過程中，跟瀧宮高校棒球隊的女子經理乙部夕姬多次聯繫，愈來愈熟悉，夕姬向她開口——

「她說，希望我們能教她《管理》。」

「啊？」

「呃，不知道為什麼，他們教練常拿我們球隊舉例，說我們的球場很棒，讓打棒球變得有趣，能打進八強很厲害等等。」

「咦！」

「所以，夕姬對我們球隊感到好奇，想知道更多關於《管理》、《創新與企業家精神》的內容。她好像也讀了《如果杜拉克》，但是對於如何運用在棒球隊，還沒什麼概念。」

「原來如此。」

「她想來參觀我們球隊練習，妳覺得可以嗎？」

「嗯……」

小夢思考著：「這很明顯也是預料之外的事，有沒有可能將它轉為創新的機會？」

她想起杜拉克的話——

「杜拉克曾說：『詢問本身就在傳達訊息。』如果是這樣的話，為了向瀧宮高校說明管理，也許應該反過來由我們來提問。」

因此小夢對五月說：「那麼，可以請妳去拜託他們嗎？」

「什麼？」

「她們來參觀練習之後，讓我們也去瀧宮高校參觀練習，讓我們問問題。」

◉第九話

「創新球一號」誕生

33

兩個月之後，十月中旬的某個星期二，瀧宮高校棒球隊的女子經理乙部夕姬來參觀淺川學園棒球隊。

夕姬嚇了一跳。先是天空球場的周圍，比以前種了更多綠意盎然的樹木、各種顏色的花卉，簡直變成漂亮的庭園，而且有好多忙於整理，專門負責球場整備的隊員。

球場上，球員跟往常一樣在練習模仿，他們在長椅旁設置的大片鏡子前，各自揮棒。

除了對眼前從沒見過的練習景象感到訝異，更令人吃驚的是，正義與智明在後方的投手練習區操作著發球機。

這是連瀧宮高校都還沒引進的最新機種。夕姬先是為「竟然連這樣的設備都有」而意外，接著又為竟然不是用來練打擊，純粹只讓機器發球而訝異。

最後，她參加了包括指導老師文乃也出席的經理會議。出乎意料的是，現場有超過十位以上的經理，自主地決定各種重要事項。指導老師文乃幾乎沒有任何發言。

會議結束後的問答時間裡，夕姬首先提出疑問：

「這支棒球隊，為什麼由經理做各種決定？老師為什麼不說話？」

對於這個問題，負責對外聯繫的五月回答：

「我們球隊對於棒球的定義是『學習管理的組織』，宗旨是『棒球隊的民營化』，所以基本上營運是由我們經理來進行。」

「這樣沒問題嗎？……啊，不好意思，因為通常會由大人決定。」

五月微笑地說：「不會，我們不透過大人決定喔。」

「咦？」

「不透過大人反而好。」

「怎麼說？」

「不透過大人，我們才可以學到管理。如果都由大人決定，說不定反而成不了事。」

夕姬面露「喔……」似懂非懂的表情。

兩天後的星期五，由淺川學園的兩位經理——小夢與五月——拜訪瀧宮高校。

瀧宮高校的地點離淺川學園不遠。

這一天放學後，小夢與五月搭乘淺川學園站前的單軌電車，一路往南。從那裡駛入多摩的丘陵地帶，過了天空球場附近的車站，十五分鐘後到達多摩中心站。

在那裡轉搭巴士向南，大約再過二十分鐘的車程，就可以看到瀧宮高校的白牆校舍，位在某個丘陵的頂端。

瀧宮高校跟半世紀前建造的淺川學園古老校舍不太一樣，因為幾年前改建過，所以校舍看起來新穎、白淨、氣派，而且隔壁就座落著很好的球場。

這座球場周圍雖然沒有花壇，但是有夜間照明與可容納一百人的觀眾席，設備相當於地方球場。

另外，旁邊就是棒球隊專屬的會館，據說全體隊員都在那裡過著團體生活。

小夢看到這些，覺得很羨慕，心想：這樣行動好方便啊。因為天空球場離學校有一點距離，隊員往返難免要多花些時間。

兩人跟著夕姬參觀棒球隊的練習，同時也幫忙夕姬準備用品與飲料，這都是她平常在做的事。

兩人目前為止幾乎沒做過這類工作，覺得很新鮮。瀧宮高校的女子經理只有兩位，所以很忙，雖然也有男子經理，但他本來是球員，所以穿著制服在球場內幫忙練習。

練習來到後半，夕姬帶著小夢與五月進入球隊專屬的會館。兩人一進到寬敞的大廳，夕姬就說：「等一下教練想跟妳們聊聊，可以嗎？」

小夢跟五月互望一眼，立刻回答：「當然好。」

瀧宮高校的龜倉渡教練，是曾在夏季甲子園二度獲得冠軍的知名選手。能跟這種名人說話的機會很少，小夢非常興奮。

看到龜倉教練本人後，發現他跟看起來的架勢相反，平易近人且容易交談。他在緊張的兩人面前會主動發言，有時還會開玩笑讓她們放輕鬆。經過十分鐘後，兩人終於可以談話自如。

小夢忽然想到什麼，說：「請問——我可以再問一個問題嗎？」

龜倉教練面帶笑容地回答：「妳想問什麼就問吧。」

小夢問：「教練，如果球隊裡有球員喪失鬥志，該怎麼辦？」

「怎樣喪失鬥志呢？」

「啊，是……好比說，要怎麼做，才能讓練習時無故缺席的球員自動歸隊？」

龜倉教練雙手抱胸，以略顯困擾的表情回答：「嗯……我們隊裡沒有這樣的球員，所以幾乎不用處理這樣的問題。」

「這樣啊。」

「就像妳們知道的，來這裡的學生都以進入甲子園為目標，還要通過困難的入學考試，所以基本上一開始就沒有這樣的學生。」

「喔喔。」

「就算有這樣的學生，我應該也不會特別做什麼。」

「咦，為什麼呢？」

「因為練習時無故缺席，損失最大的是當事人，他自己應該會察覺。」

「原來如此。」

「我雖然對學生有很多要求，但基本上我認為大家都是好孩子，所以會採取信任的態度。我想這很重要，對吧。」

小夢覺得龜倉教練的想法跟柯林斯很像，瀧宮高校原本就只有進取心強的球員。巴士上只有這樣的人才，所以根本沒有帶回無故缺席球員這種問題要煩惱。

但是這個方法並不能解決淺川學園的問題。儘管一直靜靜等待，真實與隼人已經離開棒球隊三個月了。

小夢原本期待，請教在甲子園二度獲得冠軍的龜倉教練或許能得到啟發，找出讓真實與隼人擁有充實感的方法，結果卻沒有得到有用的建議。

小夢下意識輕輕地嘆了口氣，龜倉教練看到後，說：

「啊，不過，有個方法說不定有用。」

「什麼？」

「是我剛成為教練的時候，一個學生讓我明白的道理。」

「嗯。」

「那已經是三十年前的事了。當時我在別的學校當教練。有一場比賽輸了，我要球員跑操場做為懲罰。」

「嗯。」

「但有一個球員不肯跑。」

「咦！」

「當時我兇他：『為什麼不跑？』，那個學生回答：『輸球，教練也有責任，只有球員跑，教練不跑很奇怪。教練不跑，我也不跑。』」

「！」

「當時我覺得好像被重重敲醒一樣，的確有道理。所以從那時候起，要球員跑的時候，我自己也會跑。」

「教練也一起跑嗎？」

「沒錯。我現在已經過了六十歲，還是跟球員跑同樣長的距離。這麼一來，球員不跑也不行。」

「咦。」

「所以我不必命令他們，只要教練開始跑，他們就會自動跟著跑。」

「原來如此。」

「說不定這就是提高鬥志的方法。等到哪一天我跑不動了，我想就是我辭去總教練職務的時刻。」

「這樣啊。」

就在這時，小夢感覺彷彿有小石頭投到心上，忽然想到什麼，不自覺「啊！」

地叫出聲來。

在場的人都驚訝地看著小夢。坐在旁邊的五月，擔心地偷看著小夢的臉，問她：

「怎麼了？妳沒事吧？」

但小夢有好一陣子無法回答。

因為這個時候，她的腦中閃現靈光——可以一次解決多個問題，確實是名符其實的創意。小夢為此出神。

34

第二天，小夢趕緊找真實來談。地點在棒球隊通常用來開會、位於校舍一樓西側的小教室。

真實剛開始對於要不要赴約感到猶豫，但小夢不同於平常的堅決語氣讓她推托不得，就答應了。

小夢單刀直入地說：「我找到適合真實的工作了。」

「什麼適合我的工作？」

「棒球隊裡的工作。」

「棒球隊？」聽到這句話，真實面露苦笑：「妳在說什麼？我已經不當經理了。」

「我知道。」

「所以呢？」

「妳辭掉的是經理的職務，對吧？」

「啊？」

「我不會再拜託妳當經理，但有別的事要請妳幫忙。」

「怎麼回事？」

「我跟洋子討論過，她建議接下來，讓棒球隊每位球員有自己專屬的經理。」

真實忽然眼睛發亮：「咦，怎麼回事？好像很有趣。」

「對吧？就像職棒或奧運一樣，讓每位球員有自己專屬的人員。這麼一來，棒球隊的水準一定會提升。」

「的確，不愧是洋子，這或許會引發重大的創新呢。」

「問題是如何從小規模開始。如果一開始就大張旗鼓，萬一失敗會很難復原，對吧？」

「的確。」

「所以我跟教練討論了。」

「嗯。」

「他說既然這樣，要不要試試先派給投手練習指導員？正好接下來為了鍛鍊投手的腿力跟腰力，要進行特訓。如果有專屬的練習指導員會幫助很大，效果應該會更好。」

「原來如此。」

「他還說可以像馬拉松選手一樣，由練習指導員陪跑。教練說，一個人跑步很辛苦，如果有人一起，就比較容易堅持下去。」

「他說的話有道理沒錯，不過……」

「所以我想拜託真實擔任練習指導員。」

「啊？為什麼是我？」

「因為真實擅長跑步呀！」

「咦？」

「我查過了，真實是這所學校裡最會跑步的人。」

真實皺起眉頭說：「沒有這回事。」

「誰說的，真實，妳忘了我是誰嗎？」

「什麼意思？」

「我可是棒球隊負責人事的經理岡野夢喔，要我調查這所學校八百名學生各有什麼強項的人，不就是妳嗎？」

真實聽了，面露為難的表情，說：「雖然這麼說，但我已經放棄跑步了。」

真實在國中時曾是田徑隊的長跑選手，因為跟教練不合而退出校隊，此後就沒再跑了。

「所以，現在更不可能跑。」

「妳說的是不繼續當田徑隊員吧？」

「嗯？」

「我不是要妳參加田徑隊。是想拜託妳，以棒球隊練習指導員的身分，陪投手練跑。」

「可是……」

面對真實凝重的表情，小夢繼續說：「真實，這個任務只有妳能勝任喔。」

「咦？」

「這個角色要了解棒球隊，要能夠理解創新，還要擅長跑步，只有這樣的人能夠勝任。不要說我們學校，就是在其他地方也很難找到這樣的人。」

「……」

真實的視線低垂，沉默了一會兒。小夢在一旁耐心等待她的答覆。

小夢知道真實一定會被說服，這項任務對真實是新挑戰，她一定無法抗拒誘惑。

真實最喜歡新事物。與其把已經做過的事做好，她更喜歡嘗試新的事，發現其中的價值，她具有真正的企業家精神。

果然如小夢所想，真實終於抬起頭說：「好，算我輸了。」

「啊？」

「我決定接受小夢說的這項任務。」

「嗯，」小夢點頭說：「我就知道真實會答應！」

真實忽然露出笑容，說：「真是輸給小夢了，謝謝妳。」

「咦？」

「小夢想讓我擁有充實感，對吧？」

小夢沒有回答這個問題，只是微笑。接著忽然站起來靠近真實，親了她的臉頰。

真實嚇了一跳，驚叫出聲。看到她的反應，小夢露出惡作劇般的笑容說：

「總算扯平了。」

「小夢……」

這時，門忽然開了，智明走進房間。

「啊，小夢同學，原來妳在這裡！」

兩人慌亂地看著智明，小夢趕快回話：「智明，什麼事這麼急，至少先敲門嘛。」

「咦？啊，嗯……剛才打電話妳一直沒接……哎呀，事態緊急，發生重大的變化了！」

「什麼？你在說什麼？」

「完成了喔，研發成功了！」

「什麼東西成功了？」

「魔球。」

「魔球？」

「之前說過，要利用Top Gun開發新的球路。」

「啊，嗯！」

「新球路終於開發成功了，『創新球一號』誕生！」

「哇！」

「創新球一號」是智明為變化球取的名字，換一種說法，就是高速彈指球。

買進Top Gun之後，智明在教練正義的幫助下，讓這台機器投出各式各樣的變化球。他們發現，在現實中投手能夠投得出、打者最不容易擊中的是高速彈指球，也就是大約時速一一〇公里，不旋轉的下墜球。

一般的彈指球，時速通常在八〇到九〇公里左右，這樣已經很難打，球速再加快，就更難擊中。

Top Gun能投出時速一五〇公里的彈指球。不過人類不太可能投出這種球，而且球速那麼快，在球開始搖晃或下墜前就已經落到捕手手套中了，很難有什麼變化。

所以，如果要球搖晃、下墜，還要快速，時速一一〇公里左右最理想。這種球相當難打。

智明透過各種管道，請擅長打擊的人試打這種球。結果不要說擊中，連擦過球棒表面都沒辦法。這正是名符其實的魔球。

接著智明又與正義一起研究如何投出這種球，經過反覆嘗試，正義終於掌握到方法。

「這是一大發明喔，」智明說：「如果能投出這種球，不要說高中，就連職棒選手也很難擊中。」

「可是……」小夢不安地看著興奮的智明，提出疑問：「現在只有教練會投吧？如果我們隊裡的投手不會投，不就沒有麼意義了？」

智明帶著笑意回答：「這個我們當然知道啊。」

「咦？」

「教練掌握到的不只是投法，還研究出這種投法的『型』，只要學會了，隊上每位投手都能投。」

「是喔？」

「這麼一來就真的變成猿飛佐助了。應該說，如果大家都學會的話，會給棒球界帶來相當大的震憾。」

35

這次的創新不是因為運氣或偶然誕生的，而是有明確的意圖，經過開發、管理的結果。

購入Top Gun後，正義與智明用這台機器試投各種變化球，終於得到「以高速搖晃的下墜球」最難打的結論，也就是所謂的高速彈指球。

他們還發現，要投這種球，必須「以同樣的姿勢連續投球，而且球不能旋轉」。

兩人接著研究以什麼樣的投法、怎樣握球，可以投出這種球。終於在第五十一天的傍晚，正義首次成功投出這種高速彈指球。這是實驗過無數種投法與握球方式之後才成功的。

不過投這種球有個條件，那就是下盤要穩。

原因是，投這種球需要微妙地運用指尖，就像用槌子敲不倒翁玩具時，必須細膩地控制手腕力道，才能讓球不旋轉。如果不能穩穩地控制，一敲不倒翁玩具就會整個倒塌。

因此投球時下盤要穩。尤其，高中棒球的地區預賽會在各個不同的球場舉行，每個場地的投手丘硬度與高度都有些微差距。要在不同環境維持一定的表現水準，下半身的穩定不可或缺。

為了獲得這種穩定，必須要練跑。正義對於投高速彈指球所需的「下盤穩定基準」，做出這樣的說明：

「舉例來說，需要像越野賽跑者的耐力。我參加過幾次越野賽跑，所以有這種耐力。如果我們隊上的投手也要投這種球，就得要有嚴格的跑步訓練……」

智明把正義的話轉告小夢與真實後，問她們：

「明天之後要盡快讓投手開始練跑，妳們有沒有什麼好主意？」

小夢本能地望向真實。

從那天起，棒球隊為投手設立個人練習指導員制。為了從小規模開始，先請真實指導隼人練跑。

真實雖然答應了，但心有疑慮。她對隼人沒什麼信心。

隼人不來練習已經好一陣子了，這項制度是否真能啟動，令人懷疑。

但是小夢說：「沒問題，隼人一定會來練習的。」

「咦，為什麼這麼有把握？」

「因為他熱愛棒球！」

「啊？這是什麼理由？」

結果就跟小夢說的一樣，隼人果真來參加練習了，跟在真實後面練跑。

從學校到天空球場間，在丘陵間有條像縫隙一樣的道路延伸，真實要指導隼人在這條路上跑步。不過，她當然不光是下指示，自己也一起跑。

隼人默默跟在後面跑。真實對此很驚訝，詢問小夢究竟是什麼原因。

「真的就像妳說的一樣耶！妳到底是用了什麼魔法？」

小夢解釋：「因為隼人的自尊心強，而且有『骨氣』。」

「所謂骨氣，就是信念吧，對我來說就是『不能扭曲的正確的事』。」

「嗯，我注意到，只要自己的信念不與他人的信念衝突，事情就會順利。」

「什麼意思？」

「首先對他來說，派給他『隊上唯一的專屬練習指導員』，能滿足他的自尊心，增強他的動力。」

「嗯嗯。」

「還有，他討厭丟臉。」

「這也是因為自尊心強嗎？」

「沒錯，所以他討厭跟大家一起跑。要是落在大家後面，會產生自卑感，對吧？」

「嗯。」

「但如果是個人練習的話，就沒有比較，不會丟臉了。」

「原來如此。他其實是怕沒面子，未必真的討厭跑步。可是……」

「嗯？」

「現在沒問題，以後呢？將來的訓練會愈來愈辛苦，他會不會又逃避呢？」

真實聽了輕輕笑說：「別擔心。只要真實一直在跑，他就不得不跟著跑。」

「啊？」

事情再度讓真實感到意外，因為正如小夢所說，往後的練習隼人都持續出席，跟在陪跑兼練習指導的真實後面跑。他跑在真實後方，一直看著她的背影。

秋天過去，時序入冬，緊接著溫暖的季節即將到來。這時，隼人仍在練跑。

由於個人練習指導制發揮作用，淺川學園其他投手也分配到個人練習指導員，由擅長跑步的學生擔任，鍛鍊他們的耐力。

春天再度來臨時，淺川學園棒球隊復活已經整整兩年，起初是一年級生的小夢與真實，現在成為高年級隊員。

因為淺川學園去年打進前八強，今年有更多實力堅強的新生球員加入，包括國中時曾在全國大會登場的投手時田一樹。球隊很快就分配個人練習指導員給他，跟隼人與庸太郎一起鍛鍊下半身。

鍛鍊過腿跟腰的耐力之後，總教練正義教他們怎麼投「創新球一號」，實現他跟智明共同構思的猿飛佐助戰術。在這階段，兩人又研究出更進階的投法，成功讓球的旋轉次數減少、變化程度增加。

於是，淺川學園的投手們個個都會投魔球。這是相當驚人的成果。包括救援投手健與清史郎在內，所有投手都能投出水準相當的創新球一號。

這項成果有其基礎，淺川學園的投手全都用同樣的方式投球，他們採用的是上原浩志選手投球模式的「型」。而創新球一號的投法，也是根據這種「型」設計出來。

所以，只要掌握這種「型」，每個人都能投這種球。這就是猿飛佐助戰術最厲害的地方：天才會陸續誕生。

以這個意義來說，要學會整套投法，最費力的是新生一樹。因為他過去擅長別種投法，要花時間才能掌握『型』。不過他很有天分，只花一個月就學會了，到夏季預賽時，他已經能穩定地投出創新球一號，不遜於學長們。

就這樣，淺川學園棒球隊達成了破壞性的創新，成功開發出對手絕對打不中的魔球。

這就像漫畫情節一樣。只不過在漫畫中，通常只有一位天才投手能投出魔球，淺川學園的表現更厲害，所有投手都會投。

這樣的創新，對手想必招架不住，因此球員們在夏季大會開始前，已經有了打進甲子園的士氣。尤其是明白創新球一號的破壞力的投手們，特別有信心。

淺川學園剩下的課題是打擊。

淺川學園的打者遇到二流投手時，可以連連擊中，但是面對一流投手就施展不開，這是他們的弱點。雖然「型」的練習發揮功效，不會錯過好球，但是面對一流投手投的快速球或變化球，由於實力上的落差，還是無能為力。

所以可以預料，與擁有優秀投手的學校比賽時將陷入苦戰。例如瀧宮高校的王牌投手是名震全國的浦島幸太郎，想接連擊出安打，根本不可能。

因此，棒球隊的經理團隊不敢確定是否一定能打進甲子園。不過的確很有希望，所以在這段期間，大家心中都湧現「一定要設法實現」的使命感。

夏季地區預賽即將展開的前一天黃昏，棒球隊成員練完球後，總教練正義在球場發球衣號碼給球員。

這時太陽已沒入地平線，天空中映照著紫色的晚霞，球員們臉上浮現憂喜參半的神情。

看到這個景象，小夢不自覺身體搖晃了一下。起先她以為是地震，但看到周遭的人都沒動，所以想，也許是中暑引起的眩暈吧。

可是這也不是眩暈。仔細一看，自己的雙臂正在輕微地顫動。

小夢嚇了一跳，不明白為什麼手臂會發抖。

之後才領悟到，這就是武者震[1]。以前她在某本書上讀到過。

「原來真有所謂的武者震啊……」小夢這樣想。

因而才意識到，自己對這場比賽寄予多大的期望。

36

對小夢這些三年級生來說的最後一次夏季西東京大會，終於要開始了。這次，淺川學園仍從第二輪比賽登場。

這場比賽，擔任先發投手的是淺川學園的王牌投手，楨庸太郎。

庸太郎表現良好，只讓對方零星擊出兩支安打，沒有失分。同時，打線持續得分，結果以七比零在第七局提前結束比賽。

接下來的第三輪比賽，先發投手是一年級生時田一樹，雖然讓對手擊出五支安打，但到第七局都讓對方掛零。後來上場的健與清史郎也各完封一局，結果以四比零獲勝。

第四輪比賽，是由經過真實嚴格訓練的一條隼人，上場擔任先發。隼人展現了精采球技，完美地壓制了十五位打者。比賽就在淺川學園連連擊出對方投手的球之後，以十五比零在第五局提前結束比賽。

這時候，淺川學園成為觀眾熱烈討論的焦點。因為包含救援投手在內的五位投手全都沒有失分，令人矚目。

他們三振打者的次數節節高升，完全不投觸身球。在這五位投手面前，對方的打擊陣容毫無招架之力。

後續的第五輪比賽，輪替制循環一周後，再度由庸太郎擔任先發。在這場比賽中，庸太郎展現出更厲害的控球，竟然投到第九局都沒有一支安打，也就是維持無安打無跑者的局面。但打線卻一直受制於對方的優秀投手，直到第八局、第九局才終於各得一分，以二比零獲勝。

至此，淺川學園就像颱風眼一樣引發關注，頻頻展現出令人驚嘆的成績。首先，全隊防禦率仍維持在零。值得一提的是，這是由三位先發投手輪替，共同締造

1 武者在與人決鬥前，亢奮發抖的狀態。

的成績。無論在哪場球賽，先發投手都可以經過充分休息後，再上場投球。

簡單說，這具有相當的破壞性。由於淺川學園的投手們可以完封對手，就算打線沒有得分，也不會危及比賽。雖然只比了幾場，但是這種戰術堪稱「完勝」。

不，這根本已經不是「比賽」，連「競爭」都不成立。淺川學園不必競爭，就能輕鬆獲勝。

這都是因為「創新球一號」。藉著這種破壞性的變化球，投手可以輕易三振打者。以時速一一〇公里投出的下墜球，對方的打者不要說擊中，就連擦過球棒都很難。也有人只能眼睜睜地看著球飛過，想揮棒都沒辦法。

這種連職棒選手都沒把握擊中的奇特魔球，高中生更不可能打到。而淺川學園的所有投手都會投，確實是猿飛佐助，是天才陸續誕生的組織，讓對手無法招架。

看到眼前的景象，小夢雖然參與其中，仍不禁為創新的威力感到吃驚。

小夢從真實那裡第一次聽到「創新」時，真實告訴她那意味著「不參與競爭」，但當時小夢不太懂那是什麼意思。

現在她明白了。淺川學園的投手們與對手的打線，是不同層次的對決，超越一般的勝負，因此可以毫不費力地贏過對方。

於是淺川學園繼去年之後，再度成功進入前八強。

四分之一決賽當天，比賽在下午而不是早上，但小夢跟去年一樣，最早來到集合場地的學校正門，等待小巴士開來。接著，不是當天預定先發投手的隼人很早就到了，跟小夢說「午安」。

小夢因而想起一年前的事。一年前在半準決賽的早上，原本的先發投手隼人忽然說肚子痛，小夢報告真實，她很生氣，事態一發不可收拾。

回想起來，那次經驗也為淺川學園帶來創新，從隼人開始，很多隊員都因而成長。小夢頻頻看向隼人，隼人察覺到小夢的視線，有點不好意思地苦笑起來，他一定也想起了去年的事。

但這一天的先發投手不是隼人，所以一點都不必擔心他「肚子痛」。

這場比賽擔任先發的一樹到第五局都沒讓對方得分，第六與第七局由健上場救援，到第八、第九局改由清史郎投，始終讓對方掛零。最後以三比零得勝。

下一場是準決賽，由隼人擔任先發。他在這場球賽中完封對手，淺川學園再度以一〇比〇在第五局提前結束比賽，贏得勝利。隼人擔任先發時，頻頻以好球三振對方打者，讓防守區的野手們維持在良好狀態，因此，上場打擊時鬥志高昂，連連得分。

淺川學園終於要進入決賽了，距離上次打進決賽已經間隔四十四年。對手正是第一種子球隊，最有冠軍希望，連續兩年在甲子園出場，擁有全國知名的優秀王牌投手浦島幸太郎的隊伍——瀧宮高校。

浦島投手在過去四場比賽擔任先發，防禦率維持在一點幾。尤其在準決賽投出完封致勝，氣勢正旺。

另一方面，淺川學園的王牌庸太郎目前為止也在兩場比賽完封，防禦率比浦島投手更好，維持在零，因此這場比賽預計將是投手戰。結果正如預期，到第九局為止，兩隊的得分一直掛零。

於是進入延長賽。這時淺川學園換下表現良好的庸太郎，由健上場。而瀧宮高校的浦島投手繼續投球，打到十五局雙方掛零，不分勝負，比賽將二度延長。

延長賽在翌日舉行。這場比賽淺川學園按照輪替制，先發投手是一樹。另一方面，瀧宮高校跟昨天一樣，依然由浦島投手擔任先發。

最後出現誰也沒預料到的結果。到第十五局結束，兩隊都沒有得分，將三度舉行延長賽。這場比賽，淺川學園照例從第十局換清史郎上場，瀧宮高校的浦島球員則一直投到最後。

於是西東京大會的決賽，邁向前所未聞的第三回合。

這場比賽中，相對於瀧宮高校從準決賽以來已連投四場的浦島投手，淺川學園由經過充分休息的隼人擔任先發。隼人目前的防禦率是零，尤其沒有讓打者擊出過安打，可說是名符其實的完封。

在這場比賽裡，淺川學園向全國展現創新的真正破壞力。浦島投手因為疲勞，控球漸漸不穩，在第五局二人出局的情況下，隊長國枝宗助擊出滿壘全壘打，獲得四分。這時浦島球員終於從投手丘換下，但救援投手也被連連擊出安打，到第九局，淺川學園已經贏得九分。

隔了四天才擔任先發投手的隼人，展現無懈可擊的球技，直到第九局都無人擊出安打。

到了第九局最後，隼人在隊上領先九分的情形下，以沉穩的控球輕易將前兩位打者三振。面對最後一位打者時，也照樣俐落地以三好球解決對方，於是淺川學園終於在睽違四十四年後，第三度獲得在夏季甲子園出賽的資格。

贏得勝利的瞬間，坐在觀眾席觀賽的小夢，體會著不可思議的心情。明明達成了長期以來的目標，不知道為什麼，卻沒有狂喜的感覺，更像是一種淡淡的、鬆了一口氣的心情。

一方面是因為，比賽前她就確信淺川學園會有好成績。而創新真正發生時，勝利一定是戲劇性的，因為其中沒有競爭。由於破壞性地擊潰對方，很難打從心底開心。

一直期待著這天的小夢竟有點失落，她再次體會到做為企業家的「悲哀」。

這時，她忽然聽到隔壁傳來哽咽的聲音。

仔細看，原來是坐在身旁的真實在哭，她盡量不發出聲音地啜泣著。

小夢很驚訝，這是她第一次看到真實哭泣的樣子。

她本來想安慰真實，隨即打消念頭，裝做沒發現的樣子。

小夢這時想起以前從文乃那裡聽到的話：

「學生贏得勝利，遠比自己獲勝更令人高興。」

「真實現在一定深刻地體會著這樣的喜悅吧。」

這麼一想，小夢終於感受到些微欣喜。因為真實的眼淚，正是她得到充實感的最佳證據。

◉尾聲

一週後，淺川學園棒球隊正式出席甲子園開幕典禮。大家站在棒球場照明設備外側，攀滿爬牆虎藤蔓的外牆下方入口處，與其他學校的球員一起等待入場。

小夢與真實望著身旁的隊員們。這時，電視台的攝影組也來了，打算採訪即將進場的球員們。

一位女記者正在訪問淺川學園的隊長國支宗助。她問了幾個問題後，最後問：

「你們想在甲子園打什麼樣的球賽？」

小夢目睹這一幕，很感興趣地等著看宗助怎麼回答。

他能得體地回答嗎？會提到棒球隊的定義是「學習管理的組織」嗎？還是以「先發投手輪替制」與「創新球一號」為代表，談論創新？

宗助正要回答時，有人突然從後方拍小夢的肩膀。

小夢想：「啊，怎麼偏偏在這時候！」不甘心地回頭，發現是位陌生的年輕女子站在那裡。

「請問——」

「嗯？」

「妳是淺川學園的學生嗎？」

「是的。」

「太好了！聽說你們打進甲子園，我特地從美國趕回來。雖然剛到，不過文乃在哪裡？啊，如果正義在也可以。」

「咦？喔，是……找文乃老師與二階教練啊，不好意思，請問怎麼稱呼？」

女子帶著笑意說：

「妳的語氣跟文乃好像啊！我的名字是川島南，只要這麼說，我想他們兩人就知道了。」

「川島南？」小夢思索著，這個名字好像在哪聽過，但是在哪裡聽到的，一下子又想不起來。彷彿就要呼之欲出，卻又卡在喉嚨裡。

正當她陷入苦思時，忽然又有人拍她的肩膀。

她驚訝地回頭看，原來是負責棒球隊經營策略的經理木內智明。

「小夢同學，不、不得了！」

「什麼事這麼急？啊，正好，文乃老師與教練有訪客，可以幫忙帶她去見他們嗎？」

智明驚慌失措地說：「跟、跟這相比，有更重大的事發生了！」

「重大的什麼？」

「誕、誕生了！我們又發現了！」

「什麼？」

「創新球二號！」

「啊？」

◉後記

二〇〇九年底時，我的處女作《如果，高校棒球女子經理讀了彼得・杜拉克》（以下簡稱為《如果杜拉克》）出版後沒多久，二〇一〇年初，出版社就問我：「要不要寫續集？」當時我拒絕了。如果要說原因，那就是我已經耗盡所有想法完成《如果杜拉克》這本書，腦袋只剩一片空白，什麼靈感都沒有。對於《如果杜拉克》裡的人物之後將如何發展，完全無法想像。

幾年過去，這段期間，我寫了實用書、演講、製作影片上傳到YouTube，漸漸累積想法，像故事核心般的東西終於開始在心裡生根。同時，書中角色後來的際遇，也隱約成形。

我開始覺得「也許能寫得出來」時，大約是二〇一四年初，距離我初次聽到寫續集的建議，已經過了四年。

因此，我決定將《如果杜拉克》續集的主調設定在「競爭社會」，打算以人們的「充實感」為方向，思考如何建構這本小說，並且以「創新」和「教育」為著眼點。

這些要素繼《如果杜拉克》之後，漸漸從我的腦中浮現。在二〇一〇年、甚至更早以前，社會的競爭就趨於白熱化，因此在二〇一三年，小學館出版了我針對這個現象所寫的《乏味的拉麵店到哪裡去了？》

在那之後，競爭社會愈來愈激烈，陷入茫然的人愈來愈多。因此，我想深入探討「在競爭社會中，人們的充實感從何而來」。杜拉克的《管理》也談到這一點。杜拉克洞悉競爭社會勢不可擋，寫了《管理》這本書，強調創新的必要，因為他預見許多人將在競爭中被淘汰，頓失所依。

也因此，因為競爭而失去充實感的書中人物，彷彿為了印證杜拉克的論點般展開新故事。我相信對現代許多人而言，這樣的作品有參考價值。

我抱持著這樣的想法開始寫，但是寫得很辛苦。故事開展不起來，反覆遇到挫折與困難，有時候毫無進展，寫著寫著就停擺，回到起點。

這期間，我努力保持內心平穩。寫小說其實跟挖隧道有點像——在完工之前看不見出口；如果挖往錯誤的方向，只會離出口愈來愈遠。但就算這樣也不能屈服，必須毫不鬆懈地持續挖掘。所以，望不到出口的苦悶日子始終持續著。

我花了一年半的時間，終於到達出口。寫完後自己試讀，一口氣讀完還覺得不過癮。原先在黑暗中陷入的煩悶彷彿像場夢一樣，我的視線忽然打開。

能夠一路摸索到這裡，要感謝多方協助。

首先是dwango及「夜間飛行」網站付費訂閱《去見哈克貝利》漫畫的諸位讀者，他們持續訂閱我的作品，成為我莫大的心靈支柱。因此我能獲得勇氣，不氣餒地持續寫作。

其次是株式會社吉田正樹事務所、株式會社源氏山樓的每位工作人員。他們是我的工作夥伴，也像我的家人。不論何時都給我支持。如果沒有他們的幫助，我一定無法寫下去。

還有鑽石社的諸位編輯。尤其是今泉憲志先生、中嶋秀喜先生、井上直先生、市川有人先生。他們一直是我寫續集的後盾，相信我會完成，持續等待。一再延長截稿期限，真的對我幫助很大。

另外，以杜拉克的譯者上田惇生教授為首，我想向杜拉克學會的諸位成員致謝。如果沒有遇到上田教授與他們，我恐怕寫不出這本續集。

以及跟前一本同樣協助校對的山中幸子小姐，擔任日文版封面人物繪圖的插畫家雪兔，繪製背景圖的Bamboo Inc竹田悠介先生、益城貴昌先生，設計裝幀的重原隆先生。承蒙上述諸位的幫忙，才能製作出能與前作匹敵，甚至更好的一本書。

最後要向閱讀《如果杜拉克》以及這本書的讀者致謝。是各位的抬愛，讓這本書得以出版。我深深體會到自己有多幸運。

如果這本書多少能對大家有幫助，或覺得有趣，我將感到無比喜悅。

走筆至此，我想向為了撰寫本書，迅速允諾接受採訪、提供資料的東京都立日野高等學校、日本大學第三高等學校、愛媛縣立松山東高等學校、阪神園藝株式會社、共和技研株式會社、美津濃株式會社的諸位鄭重致意。真的非常感激大家。

二〇一五年一一月
岩崎夏海

參考書目

《創新與企業家精神》彼得・杜拉克著，上田惇生譯（鑽石社）

《創新與創業精神（菁華版）》彼得・杜拉克著，上田惇生編譯（鑽石社）

《管理（菁華版）》（彼得・杜拉克著，上田惇生編譯（鑽石社）

《專業的條件》彼得・杜拉克著，上田惇生編譯（鑽石社）

《天才陸續誕生的組織》齋藤孝著（新潮社）

《從A到A⁺》（*Good to Great and Social Sectors*）詹姆・柯林斯著，山岡洋一譯（日經BP社）

《卡內基溝通與人際關係——如何贏取友誼與影響他人》（*How To Win Friends And Influence People*）卡內基著，山口博譯（創元社）

《湯姆歷險記》馬克・吐溫著，柴田元幸譯（新潮社）

《哭泣的紅鬼》浜田廣介著，梶山俊夫繪圖（偕成社）

採訪協助

東京都立日野高等學校
日本大學第三高等學校
愛媛縣立松山東高等學校
阪神園藝株式會社
共和技研株式會社
美津濃株式會社

文學森林 LF0083

如果高校棒球女子經理讀了彼得・杜拉克2：復活的開始

もし高校野球の女子マネージャーがドラッカーの『イノベーションと企業家精神』を読んだら

作者
岩崎夏海

一九六八年生於東京日野市。東京藝術大學建築系畢業。大學畢業後在作詞家秋元康旗下工作。曾以企畫製作的身分參與《隧道二人組之託大家的福》、《Down Town 真的很不錯》等電視節目的製作。後來擔任日本偶像團體 AKB48 的企畫及宣傳。二〇〇九年著作《如果高校棒球女子經理讀了彼得・杜拉克》（日本由鑽石社出版），成為暢銷書。二〇一六年起擔任童書出版社岩崎書店社長。

譯者
嚴可婷

東吳大學日文系畢業，曾任職誠品書店、遠流出版集團等機構，現從事翻譯。相關譯作包括《小池龍之介教你不被情緒綁架的平常心：接受自己，與自己和平共處的五段修練》、《金錢之外，工作的理由》、《丟掉50個壞習慣，懶熊也能訂做成功新生活！》、《放下執著的練習》等書。

封面設計 Digital Medicine Lab 何樵暐、賴楨璾
版權負責 陳柏昌
行銷企畫 巫芷紜、王琦柔、詹修蘋
副總編輯 梁心愉

初版一刷 二〇一七年九月二十五日
定價 新台幣三二〇元

ThinKingDom 新經典文化

發行人 葉美瑤
出版 新經典圖文傳播有限公司
地址 臺北市中正區重慶南路一段五七號十一樓之四
電話 02-2331-1830 傳真 02-2331-1831
讀者服務信箱 thinkingdomtw@gmail.com
部落格 http://blog.roodo.com/thinkingdom

總經銷 高寶書版集團
地址 臺北市內湖區洲子街八八號三樓
電話 02-2799-2788 傳真 02-2799-0909
海外總經銷 時報文化出版企業股份有限公司
地址 新北市中和區連城路一三四巷一六號
電話 02-2306-6842 傳真 02-2304-9301

如果高校棒球女子經理讀了彼得・杜拉克2：新的開始/岩崎夏海作；嚴可婷譯.-- 初版.--臺北市：新經典圖文傳播, 2017.09
304面；14.8×21公分. -- (文學森林；YY0183)
譯自：もし高校野球の女子マネージャーがドラッカーの『イノベーションと企業家精神』をんだら
ISBN 978-986-5824-88-4（平裝）
861.57 106015880

MOSHI KOKO YAKYU NO JOSHI MANAGER GA DRUCKER NO INNOVATION TO KIGYOKA SEISHIN WO YONDARA
by Natsumi Iwasaki

Printed in Taiwan